내가 아닌 다른 누군가를 유혹하고 싶다는 생각 대신, 여행의 상상이 나를 유혹한다.

페르난두 페소아, 〈불안의 서〉 텍스트 265

잠자는 남자와 일주일을

ⓒ배수아, 베르너 프리치Werner Fritsch 2014

초판 1쇄 발행 2014년 11월 29일
    2쇄 발행 2014년 12월 24일

글 배수아 | 사진 배수아, 베르너 프리치Werner Fritsch

펴낸곳 도서출판 가쎄 [제 302-2005-00062호]

주소 서울 용산구 이촌동 302-61
전화 070. 7553. 1783
팩스 02. 749. 6911
인쇄 정민문화사

ISBN 978-89-93489-44-6

값 13000 원

잠자는 남자와 일주일을

gasse · 가쎄

잠자는 남자와 일주일을

여행에 대하여

2014년 초, 나는 잠자는 남자로부터 한 통의 메일을 받는다. 곧 다가올 봄에 LA에서 만날 수 있으면 좋겠다는 내용이다.

잠자는 남자와 나는 최근 5, 6년 전부터 간헐적으로 촬영여행을 떠나곤 한다. 잠자는 남자는 글을 쓰는 작가이면서 영화를 찍는 일을 하고, 나는 그의 촬영을 돕는다. 나는 카메라를 들고 그를 찍는다, 혹은 그가 카메라를 들고 나를 찍는다. 우리는 카메라 앞에서 지난밤의 꿈에 대해서, 자신의 글쓰기에 대해서, 비밀에 대해서, 그리고 기억에 대해서 말하곤 한다. 우리가 말하는 내용은 필름에 들어가기 위한 것은 아니다. 그러므로 우리는, 영화와 상관없이 무엇이든 말할 수 있다. 종종 나는 잠자는 남자가 이해하지 못하는 언어인 한국어로 말하기도 한다. 잠자는 남자가 원하는 것은 오직 스스로의 이야기 속으로 도취된 채 이야기하고 있는 인간의 표정, 바로 그것이기 때문이다.

2014년 봄 나는 그동안 길게 끌어오던 페소아의 책 〈불안의 서〉 번역을 마친다. 그래서 어디로든 여행을 떠날 수 있다. 몇 달 동안 〈불안의 서〉 번역에 매달려 있는 나는 불안Unruhe 이라는 어휘에 장악당한 상태이다. 어느 의도치 않은 순간에 의도치 않은 일을 스스로 행하게 될 것이라는 술렁이는 예감. 그런 불안.

어떤 막연한 대상이나 상태에 대한 공포, 그리고 그것이 야기시키는 불안은 종종 번역의 과정에서 혼용되기도 한다. 공포는 지나치게 분명한 두려움이다. 그에 비하면 불안은 지나치게 막연한 두려움이다.

LA는 한 번도 가본 일이 없다. 아마도 앞으로도 영원히 갈 일이 없을 거라고 생각하고 있던 여러 도시 중의 하나이다. 왜 그런 생각을 하는지는 모른다. 나는 LA에 단 한 명의 친구도 갖고 있지 않다. 내가 아는 그 누구도 LA에 살지 않는다. 내가 아는 그 누구도 LA로 가려고 계획하지 않는다. 아마도 그런 이유 때문일 것이다.

그러나 그 이유는 충분하지 않다. 내가 2001년 처음으로 베를린을 갔을 때, 나는 베를린에 단 한 명의 친구도 없었다. 나는 베를린에 아는 사람이 전혀 없었고 베를린이란 도시에 대해서 아는 것도 전혀 없었다. 곰을 연상시키는 이름 베-어 - 르을 - 린을 가만히 입으로 소리 내 불러보면, 내게는 그 어떤 감정도 피어나지 않았다. 물론 독일어는 한마디도 몰랐다. 그곳에서 나는 혼자일 터였다. 나는 베를린에서 아무것도 할 계획이 없었다. 베를린에서 보고자 원하는 것이 아무것도 없었다. 아니 베를린에 도대체 무엇이 있는지조차 알지 못했다. 베를린은 정말로 어느 나라의 수도인가? 사마르칸트나 카라코룸처럼? 심지어 나는 베를린으로 가기를 원하지도 않았다. 사실은 아무 곳으로도 가기를 원하지 않았다. 그럼에도 불구하고 나는 떠났다. 나는 베를린으로 갔다. 그리고 내가 예감한 대로 나는 베를린에서 아무것도 하지 않았고, 아무것도 보지 않았다.

나는 잠자는 남자에게 LA에 갈 수 있다고 답장을 쓴다. 내가 언젠가 그곳에 가리라고는 단 한 번도 상상 하지 못했다는 말도 덧붙인다.

잠자는 남자는 편지에서 대답한다. LA의 한 대학에서 강연 요청을 받았다고. 이 기회에 그동안 생각하고 있던 데쓰 밸리 사막을 촬영하고 싶으며, 그러다 보니 문득 내가 떠올랐다는 것이다.

게다가 어린 시절 이후 수십 년 동안 만나지 못한 삼촌이 LA에 살고 있다는 말도 한다. 물론 삼촌을 꼭 만나야 할 이유는 없지만 만약 가능하다면 한 번쯤 삼촌을 만나러 간다고 해도 나쁘지는 않을 거라고.

우리는 LA 공항에서 만나기로 한다.

티켓을 예약하고, 나는 여행 가방을 싼다. 수없이 해본 일이지만 단 한 번도 완벽하게 성공한 적이 없는 일이다. 가장 흔하게 저지르는 실수는 옷이다. 짐을 가볍게 하기 위해 얇은 옷을 단출하게 가져가면 여행지의 날씨가 좋지 않아서 결국 그곳에서 옷을 살 수밖에 없다. 두꺼운 옷 위주로 가져가면 이상하게도 거의 반드시, 그 반대의 일이 벌어진다. 나는 여행지에서 반팔 티셔츠와 여름 운동화를 사야 한다. 사계절의 모든 날씨를 소화할 수 있도록 옷을 골고루 가져가면 가방은 너무 무거워지고, 운반하느라 애를 먹는다. 또한 그럴 경우 대개는 날씨가 여행 내내 변동 없이 온화하여, 대부분의 옷은 걸쳐보지도 못한 채 그대로 다시 가져오게 된다.

여행 가방을 쌀 때마다 나는 스스로 말한다. 꼭 필요한 것만, 최소한으로 가져가자고. 나는 여행을 하려는 것이지 패션쇼를 하려는 것이 아니라고. 여러 벌의 티셔츠와 여러 벌의 블라우스 여러 벌의 스웨터와 여러 벌의 스커트를 가져간다 해도, 특별히 날씨가 변덕스럽지 않은 이상 여행 내내 마치 법칙인 것처럼 단 한 벌의 옷만을 걸치고 다니고, 나머지 불필요한 옷들은 커다란 여행 가방에서 한 번도 꺼내지 않는다. 그것이 내 여행이다. 수없이 해본 일이지만 단 한 번도 완벽하게 성공하지 못한 일. 나는 옷가지 사이에 책을 서너 권 넣고, 화장품과 세면도구를 챙기고, 일곱 벌의 속옷과 일곱 벌의 스타킹을 넣고, 두통약과 수면제, 두 개의 모자, 두 개의 머플러, 그리고 거울을 넣는다. 그동안 내가 돌아다녔던 세계의 싸구려 호텔이나 호스텔에는 욕실 말고는 거울이 없는 곳이 많았기 때문이다. 나는 여행을 떠나기 전 가방의 내용물을 몇 번이나 점검한다. 그러나 언제나 늘 그랬듯이, 내 여행은 영영 완벽해지지 못한다. 이번 여행에서 중요한 국제운전면허증 챙기는 것을 잊는다.

　이유는 알 수 없지만 내가 많은 여행을 다녔을 거라고 생각하는 사람들을 종종 만나게 된다. 그래서 그들은 나와 대화를 나누다 보면 자연스럽게 여행이 화제에 오를 것으로 기대한다. 내가 이 세계의 신비한 땅들을 많이 알고 있을 거라고 생각하는 사람도 있다. 어떤 사람은 내가 여행기를 쓸 거라고 기대한다. 그들은 내가 최소한 베를린과 독일에 대해서라면 뭔가 할 말이 있을 거라고 믿는다. 그러면 나는 그들에게 오래오래 설명해야 한다. 나는 여행지에서 아무것도 보지 않는다고. 나는 여행지에서 아무것도 하지 않으며, 나는 여행지에서 누구도 만나지 않고, 내 여행은 항상 아무런 계획이 없고, 나는 여행을 특별히 좋아하거나 꿈꾸어 본 적도 없다고. 심지어 순수한 마음의 동기에 의해 자발적으로 훌쩍 여행을 떠나본 적도 거의 없을 정도라고. 내 여행은 내 여행 가방과 마찬가지로 불완전하고 혼돈스럽다고. 여행지에서 나는 집에 있을 때와 마찬가지로 혼자이며, 불가피한 경우가 아니라면 누구에게도 말을 걸지 않고 누구도 나에게 말을 걸어오지 않는다고. 나는 그들의 말을 알아듣지 못하고, 그들은 내 말을 알아듣지 못한다고. 내 여행은 목적도 아니고 결과도 아니라고. 내 여행은 일도 아니고 휴가도 아니라고. 내 여행은 내 삶에 무수히 편재된, 수동적이고 우연한 사건일 뿐이라고. 내 여행은, 작가들이 오직 글을 쓰기 위해서 장소를 옮기는 것과 마찬가지로, 단지 내가 있는 장소의 이동일 뿐이라고. 그러므로 내 여행은, 여전히 머뭇거리고, 길을 잃고, 말을 더듬으며, 내성적이며, 불안하고 그리고 불특정하다고.

당신에게 여행이란 무엇인가? 하고 좀 철학적인 질문을 해오는 사람들도 간혹 있다. 언젠가 한번은 극장에서 어떤 사람과 우연히 마주쳤는데, 나는 그를 몰랐지만 그는 나를 안다고 했다. 그는 나에게, 만약 레이캬비크에 가본 적이 있다면 자신과 잠시 이야기를 나눌 수 있겠느냐고 물었다. 그래서 나는 아이슬란드에는 가본 일이 없다고 대답하자 그는 매우 실망하는 얼굴이 되었다.

사람들이 나에게 보내는 인터뷰 질문지에는, 거의 반드시라고 해도 좋을 정도로 여행에 관한 항목이 포함된다.

Q: 평소 여행하는 것을 좋아하시나요? 그렇다면 주로 어떤 여행지를 좋아하시는지 궁금합니다. 또, 여행의 과정이 소설을 쓰는데 어떤 도움을 주는지도 궁금합니다.

A: 나는 여행 애호가들이 흔히 말하는 대로, 오직 떠나고 싶어서 그냥 훌쩍 여행을 떠난 적이 한 번도 없습니다. 그런 점에서 타고난 여행자가 아닙니다. 게으른 성격상 여행 다니기를 귀찮아한 편이고, 실제로 그리 많은 장소를 여행하지도 않았습니다. 사실 돈을 아끼는 여행이란 엄청난

준비를 의미하니까요. 뮌헨에서 3개월이나 살았지만 가까운 이탈리아를 가야겠다는 생각은 전혀 들지 않았죠. 생각이 들지 않았으므로, 가지 않았습니다. 나는 지극히 수동적인 여행자예요. 어떤 장소가 나를 부를 때까지 가만히 기다리는 편이지 불쑥, 아 어디를 가고 싶어! 하고 떨쳐 일어나서 길을 떠나는 사람이 못 됩니다.

하지만 지금 돌이켜 생각해보니, 내가 가게 되어 있는 여행지는 항상 나를 불러왔고 앞으로도 언제든지 나를 부를 것이란 느낌입니다.

그래서 나는 어쨌든 여행을 하게 되었습니다. 베를린으로 여행을 떠났고, 이후 수년 동안 일 년에 두세 번씩 베를린을 방문했습니다. 베를린에서 내가 한 일은 특별하지 않습니다. 난 그곳에서 글을 썼어요. 한동안 베를린은 나에게 작업실이 되어 주었습니다. 한국에서 작가들이 집을 떠나 오피스텔 작업실로 출근해서 글을 쓰고, 그리고 저녁때 다시 집으로 돌아오는 것과 같아요. 그것이 내 베를린 여행 내용의 전부입니다.

십일 개월 동안 살았지만, 나는 베를린에 대해서 할 말이 많지 않아요. 게다가 시간이 흐르고 나니, 어쩌면 나는 그곳을 모른다고 하는 편이 더욱 정확할 거라는 생각이 듭니다.

그러니 나에게 베를린에 대해서 더 이상 묻지 말아 주세요.

나는 그 도시를 모릅니다.

나는 여행의 장소 자체보다는 그 여행에 깃든 이야기를 더 좋아하는 편입니다. 나에게 삶의 성분은 다른 무엇보다도 이야기예요. 그리고 만약 나에게 어떤 여행이 의미가 있다면 그것은 다른 이유가 아니라 여행이 포함하고 있는 이야기 때문입니다.

Q: 당신에게 장소란 어떤 의미가 있는가요? 장소가 창작 작업에 영향을 미치는 편입니까?

A: 장소 이동과 창작 작업과의 관계에 대해서 좀 더 자세히 설명하자면, 그건 어떤 암시를 받는 일과도 비슷합니다. 예를 들자면, 나는 영국 노르위치에 있을 때 어떤 단어를 떠올렸는데, 그 단어는 다른 곳에 있었다면 아마도 떠올리지 않았을 단어입니다. 왜냐하면 그것은 내가 이곳 노르위치에서 보았던 사물과 연관이 있기 때문이죠. 이것이 전부예요. 그 단어가 내 글쓰기에 직접적으로 영향을 미치거나 하지는 않았습니다. 하지만 나는 그런 한두 개의, 특정 장소와 관련된 어휘를 떠올리기 위해서 장소를 옮겨 다닐만한 가치가 있다고 생각합니다. 결과가 너무 사소해서 낭비라고 보입니까? 하지만 한두 개 어휘의 발견, 그건 의식의 표면에서 일어나는 일일 뿐이죠. 내 무의식의 밑바닥에는 그보다 훨씬 더 많은 일이 그 장소와 관련하여 일어나고 있을 겁니다. 내가 매일 눈으로 보고 무심하게 관찰한 것들, 내가 슈퍼마켓에서 샀던 물건들, 내가 들었던 소리들, 거리에 고여있는 장소에 종속적인 냄새들, 음식과 사물과 세제와 향수와 식물과 동물과 사람의 냄새와 관련해서 말이죠.

그것을 나는 장소와 정신의 화학작용이라고 말하고 싶어요. 내가 의식하거나 통제할 수 없는 존재의 영역에서 일어나는 변화입니다. 그 변화가 무의식을 자극하리라고 생각합니다. 무의식이라는 심연이 내 언어를 만들고 내 소설을 만들고 이야기를 만든다고 생각합니다.

Q: 당신에게 여행이란 평론가들이 말하는 당신 글의 '경계 넘어서기'와 관련이 있는 건가요?

A: 이미 어린 시절부터 나는 자유로운 인간이라고 스스로 생각하고 있습니다. 실제로 내 삶의 주변을 둘러싼 엄청난 사회적 구속과 한계에도 불구하고, 그것이 나라는 개인을 정녕 구속할 수 없다는 믿음 때문입니다. 처음 이런 생각을 한 것은 아마도 열세 살 때였다고 기억해요. 나는 독재 시절에 학교를 다녔는데, 당시 사회는 인습의 굴레도 정치 못지않게 억압적이었어요. 지금도 아마 근본적인 바탕은 여전하리라고 생각합니다. 그러므로 내가 나를 자유롭다고 여긴다면 의아하게 받아들일 사람도 있을 거예요.

어린 시절 언젠가 나는 이런 생각을 했습니다. 이 세상의 모든 사람이 동쪽으로 갈 때, 나는 홀로 서쪽으로 갈 수 있는 사람이 되고 싶어. 왜 그래야 하는지 이유나 명분은 솔직히 크게 중요하지 않았습니다. 그리고 어떻게 그것을 구체화시키면서 살 수 있을지 방법은 나도 몰랐어요.

하지만 글을 쓰게 된 이후, 나는 그 방법을 찾았습니다. 문학 안에서 어떤 인간은 가장 자유로울 수 있다고 생각해요. 그리고 나는 그런 인간에 속합니다.

내 소설의 주인공들이 종종 여행을 떠나거나, 실제로 외국에서 언어적 혼돈을 체험하기 때문에 내가 언어와 존재의 경계를 넘나드는 문학을 한다고 평을 할 수도 있는데, 그건 좀 피상적인 해석인 듯해요. 나는 경계를 넘어서고자 원한다기보다는 경계를 의식하지 않는 편입니다. 내가 소설에서 여행자를 즐겨 다루는 것은 여행이 사랑과 마찬가지로 충격을 체험할 수 있는 좋은 통로이기 때문입니다. 여행과 사랑은 흔들림이자, 충격이자 진동, 삶의 지진입니다. 물론 우리에게 다가오는 모든 사랑이나 여행이 전부 충격을 주는 종류는 아닐 겁니다. 일상의 연장에 불과한 사랑이나 여행도 있을 거예요.

내가 선호하는 주인공들은 뚜렷한 공통점을 갖습니다. 그들은 결혼하지 않았거나 이혼한 사람들이며 많은 경우 프리랜서로 불안한 경제적 삶을 살아가죠. 하지만 그들은 스스로 자유롭다고 느끼고, 그들은 거의 반드시 연애 상태에 있습니다. 그들은 자유를 소리높여 요구하지도 않고, 자신이 가진 자유로움을 소리높여 칭송하지도 않습니다. 그들의 사랑도 마찬가지예요. 그들의 사랑은 대개의 경우 부도덕하다기보다는 통용되는 도덕관념을 쉽게 초월해버린다는 점에서 amoral입니다. 그들의 amorality는 투쟁이 필요하지 않은 종류입니다. 꽃병에 꽃이 있듯이,

찻잔에 차를 따르듯이, 그냥 자연스러운 거예요. 설사 그들이 우연히 꽃병에 차를 따른다고 해도, 그것은 그들을 바꾸어 놓지 못합니다. 자 봐라, 내가 꽃병에 차를 따른다! 하고 외치고 싶어 하지 않아요. 그들은 그냥 조용히 꽃병에 든 차를 마십니다. 혹은 그들은 찻잔에 차를 따르면서 생각하죠. 나는 지금 꽃병에 차를 따르고 있어. 나는 이 차를 마실 거야. 그런데 그게 뭐가 문제라는 걸까?

그런 사람들이 있어요. 그런 사람들은 경계를 넘어서야겠다고 결심할 필요가 없어요. 세상을 바꾸려도 애쓰지 않으며, 타인들의 생각을 변화시킬 수 있다는 욕망도 믿음도 갖지 않습니다. 경계를 넘어서야 한다거나 경계를 넘어서고 싶다는 의지나 욕망이 없습니다. 그들은 현실적으로 많은 경계에 둘러싸여 있는 것도 사실이지만, 기묘하게도 그들 자신은 경계를 의식하지 않아요. 그리고 그 '의식하지 않음'으로 실제 경계를 해체해버리기도 합니다. 그러니 어떤 조건하에서는, 그들에게는 경계가 없는 것이 사실이기도 해요. 나는 이런 사람들에게, 이런 삶에 관심이 있어요. 이런 사람들의 삶에 대해서 계속해서 씀으로써, 이런 삶에 더더욱 다가가고 싶어요.

Q: 그렇다면 여행이란 당신에게 곧 글쓰기 자체가 아닌가 생각이 들기도 하네요. 여행과 글쓰기와 삶이 분리되지 않은 채로 당신 안에 함께 있다는 소리로도 들립니다.

A: 네 맞아요. 여행자가 길 위에 있듯이, 내 삶은 내가 쓰는 글 위에 있어요. 종종 여행지에서 나는 내 글의 운명이 앞으로 어떻게 될 것인지 그 미래를 예감하곤 합니다.

여행을 떠날 때, 나는 하나의 이야기 속으로 걸어 들어갑니다. 하나의 글을 쓰기 시작합니다. 비행기를 타기 전 나는 풀밭에 서서 내가 가게 될 먼 곳을 바라보는 사람입니다. 그래요, 이제 나는 한 명의 여행자입니다. 이른 아침, 동이 채 뜨기도 전 공항 근처의 초원입니다. 하늘은 청회색 구름으로 덮여 있고, 초원에서 빵과 치즈와 샛노란 야크 버터로 아침 식사를 마친 여행자들은 말없이 모두 먼 어딘가를 바라보고 있습니다. 이 순간 그들을 장악하고 있는 것은 언어가 아니라 어떤 감정입니다. 그들이 여행 가방 속에 넣고 떠나게 될 감정, 그것이 이제 이야기의 내용을 이룹니다. 그들이 어디에서 왔는가, 그들이 어디에 있는가, 그들이 어디로 가는가, 이런 것은 도리어 덜 중요하므로 나는 굳이 설명하지 않겠습니다.

LA 공항에서

베를린에서 런던을 거쳐 도착하는 잠자는 남자의 비행기와 한국에서 오는 내 비행기는 이십 분 정도의 차이를 두고 LA 공항에 도착할 예정이었으나 그의 비행기가 세 시간이나 연착을 하는 바람에 나는 공항에서 오랫동안 기다려야 한다.

공항 입국장 플라스틱 벤치는 불안하게 기우뚱거리며 흔들린다. 여러 개가 하나의 축으로 연결된 구조여서 옆 사람이 몸을 일으키거나 앉을 때마다 충격을 받는다. 동아시아에서 여러 대의 비행기가 도착한 시각, 사방에서는 신비한 억양의 중국어가 들려온다. 중국인 가족들이 신발을 벗고 벤치에 가부좌를 튼 자세로 앉아 있다.

나는 가방에서 조르쥬 페렉의 소설 〈잠자는 남자〉를 꺼낸다. 나는 이 책의 가장 첫 페이지를 LA 공항 입국장 플라스틱 벤치에서 읽기 시작한다. 책은 카프카의 문장을 인용하면서 시작한다.

너는 집을 나갈 필요가 없다.

탁자에 앉아 그냥 듣기만 하면 된다.

아니 귀를 기울일 필요조차 없고, 그냥 기다리기만 하면 된다.

아니 기다릴 필요도 없고, 홀로 침묵을 지키며 그대로 가만히 있기만 하면 된다.

그러면 결국 세상이 먼저 너에게 모습을 드러낼 수밖에 없다.

도취와 황홀에 휩싸인 채, 세상은 네 앞에서 몸을 비틀기 시작한다.

(카프카, 〈죄 고통 희망 진리의 길에 관한 명상〉)

책을 읽고 있는데 누군가 내 앞에 멈추어 서더니 말을 걸어온다. 정확히 말하자면, 말이라기보다는 하나의 단어이다.

"차이나?"

그는 노숙자풍으로 허름한 옷차림의, 수염이 무성하고 키 큰 한 남자이다. 허름하기는 하지만 허약해 보이지는 않는다. 나는 말없이 고개를 젓는다. 물론 나는 중국인이 아니다, 라는 의미로. 그러나 남자는 20달러 지폐를 불쑥 꺼내 내가 무릎에 펼쳐놓은 〈잠자는 남자〉의 페이지 위에 놓는다. 그리고 또렷한 발음으로 말한다. "차이나는 돈이 필요해."

…리, 네 숨소리, 이 모든 것들이, 어쩌면, 그에게 있어서,
…리와, 거리의, 도시의 소음들과, 흘러가는 시간과, 날
…통한 직물과 더불어, 존재하고 있는지도 모른다. 어쩌
…의 기척조차도, 끊임없이 해석을 해대고 있는 것이리라, 어쩌
…가, 너는 무엇을 하고 있는가, 신문을 구기고 있는 비
… 며칠이고 밖에 나가지 않고 틀어박혀 있는, 둥이
…나가 있는, 너라는 작자는 대관절 누구인가, 라고

…는 소리는 아주 미세할 뿐이지 않던가! 그는 고작
…실 정도만을 간파할 수 있을 뿐이며, 더구나 그가
…를 기울이고 있다면, 그것은 그가 잠을 내고 있어
…게 만들기 때문이다. 그는, 단 한 차례도 충분히
…적이 없이 땅굴 속에만 틀어박힌, 그에게서 떠
…소리를, 그러니까 고성이 되는 일도 결코 없어
…지 않는, 또, 단 한 차례도 그치지는 않는 어떤
…차례도 그 위치를 파악하는 데까지는 이르지
…았던 것이다. 그는 저 자신을 지키려고 애쓴
…설치하고, 그가 강인하며, 너를 무서워하지
…다고, 그렇게 네가 믿게끔 하려고, 서두
…지만 그는 너무 늙었다! 그는 고작해야
…E다시 세어볼, 재산을 감추어둔 비밀 장소
…E 밖에 없는 것이다.

…, 그가 진짜로 너를 두려워한다고, 가끔
…을 거스르는 건 아니잖나, 이 멍청아, 그
…때도록 소리를 내지 않으려고 하는 것이

…나, 연필 따위로, 당신들 두 사
…음, 사소하면서도, 신경에 거
…지.

…년 공감에 사로잡혀, 너는 안부
…러 들어, 이것은 A를 위한 것이
… 위한 것이다, 라는 식으로, 칸
…것이다.

나는 놀라고 당황한다. 그제야 입을 열어 "난 돈이 필요하지 않아."라고 말하지만 남자는 손을 흔들면서 사라져버린다.

아마도 나는 "나는 중국인이 아니야."라고 말해야 했을지도 모른다. 하지만 이미 늦었다. 그 남자는 공항 입국장의 유리문을 통과해 밖으로 나가면서 나를 다시 한 번 더 흘낏 뒤돌아본다. 주변의 중국인 가족들은 여전히 아랑곳하지 않고 자신들의 이야기에만 열중하고 있다. 중국인들의 한가운데서, 중국인 대표가 되어버린 나는 LA의 노숙자 남자로부터 받은 지폐를 무릎 위에 놓고 있다. 솔직히 말하면 나는 이 작지만 놀라운 경험이 나쁘지 않다. 나는 낯모르는 도시, 기쁨이나 큰 기대 없이 무심하게 도착한 도시에서 독특한 방식으로 환영의 인사를 받은 기분이다.

몇 년 전 내가 혼자서 울란바토르의 국립박물관을 방문했을 때의 일이다. 그곳은 입구부터 어딘지 모르게 혼잡하고 어수선했다. 외국인인 나는 입장권을 파는 매표소가 어디인지 몰랐고, 여기저기 몰려서서 큰 소리로 대화를 나누는 젊은 여인들 중 정확히 누가 매표담당 직원인지 분간할 수가 없어서 한참을 헤매고 있다가 간신히 그중 한 명으로부터 표를 샀다. 정체불명의 사람들로 붐비는 좁은 입구 홀과는 대조적으로 전시실 내부는 의외로 방문객들이 거의 없이 텅 비다시피 했으며, 중국인인듯한 청소년들이 몇 명 돌아다닐 뿐이었다. 박물관 2층으로 올라가자 '몽골의 소수민족'이라는 표시가 붙은 방이 있었다. 그곳은 아주 널찍한 공간인데, 유리 진열장 속에 각 소수민족의 전통복장을 걸친 실물 크기의 인형들이 민족별로 남녀 한 쌍씩 고요히 서서 유일한 관람자인 나를 내려다보고 있었다. 박물관을 찾는 그 누구도 몽골의 소수민족에는 관심이 없는지 아무도 이 방으로는 들어오지 않았다. 민족마다 조금씩 모양이 다른 전통 모자와 델을 차려입은 그 인형들 사이를 홀로 걸어 다니는 것은 이전에는 느껴보지 못한 신비로운 감정을 불러일으켰다. 마치 그 인형들이 수천 년 동안 그 자리에 서 있었던 것 같았고, 심지어는 살아 있는 실제 소수 민족 부부들인데 내가 들어서자 인형인 척 움직이지 않으면서 내 뒷모습을 시선으로 좇고 있다는 느낌도 들었다. 몽골의 땅은 수많은 민족이 거쳐 간 곳이다. 스키야트, 흉노, 위구르, 키르기스, 퉁구스, 등등. 현재 몽골에 얼마나 많은 소수민족이 있는지, 몽골의 민족 구성이 어떻게 되는지 나는 전혀 알지 못한다. 나는 소수민족들의 이름을 눈으로 따라가 본다. 그 대부분은 처음 들어보는 것들이었다. 그중에는 숫자가 너무 적어 공식적으로 인정을 받지 못한 소수민족도 있다고 들었다. 몇몇 인형들은 아직 의상이 준비되지 않은 탓인지, 하얗게 알몸이 드러난 채로 서 있었다. 알몸의 인형들은 눈 속에서 얼어붙은 미라처럼 보였다. 시간이 지날수록 전시실의 인형들은 점점 더 그로테스크하게 보였으며 전시실의 공기는 기괴하고 섬뜩해졌다. 나는 그중 한 쌍의 인형들이 '사라진 소수민족'이란 명패를 달고 있는 것을 보았다는 느낌이 들었다. 나는 하나하나의 소수민족 이름을 소리 내어 읽어보려고 했다. 부리야트, 칼미크, 다라강가, 바야트, 오이라트, 바르가, 다리강가, 차탄, 카자흐 그리고 투바... 그때 한 남자가 전시실 안으로 들어왔다. 그야말로 소리도 없이 불쑥 들어왔으므로, 나는 빛을 등진 채 내 눈앞에 나타난 그의 모습을 처음 발견하고는 소스라치게 놀랐다. 관람객인 듯한 그는 마른 몸매의 키가 큰 중년 남자였는데 나를 향해 똑바로 오더니 팔을 크게 흔드는 몸짓을 하며 나에게 뭔가를 말하기 시작했다. 그의 태도로 보아 그 내용이 특별히 불친절하거나 나쁜 것처럼 느껴지지는 않았지만, 그럼에도 불구하고 내가 한 마디도 이해하지 못한 것은 물론이다. 나는 몽골인이 아니며 이곳 말을 할 줄 모른다, 그러니 영어로 해달라고 부탁했지만 그는 막무가내로 자신이 하고 싶은 얘기를 계속했는데, 내가 자신의 말을 알아듣지 못한다는 것을 눈치챘을 텐데도 전혀 아랑곳하지 않고, 자신이 하고 싶은 기나긴 이야기를 마지막 한 단어까지 태연하게 모두 다 마친 다음, 아무 일도 없었다는 듯 유유히 사라졌다. 나는 그가 무슨 말을 했는지 지금까지도 전혀 알 도리가 없지만, 그것은 처음 방문한 외국의 도시에서 마주친, 작지만 놀라운 경험으로 아직도 내 기억 속에 남아있다.

두 시간쯤 입국장에서 기다린 후에, 잠자는 남자가 탄 브리티시 에어의 착륙 표시등이 켜진다. 그 사이 나는 페렉의 〈잠자는 남자〉를 절반 가까이 읽는다. 나는 매혹당한다! 파리의 〈잠자는 남자〉에게. 내 가슴은 두근거린다. 언젠가 이 책을 주제로 글을 쓰고 싶다는 생각이 든다. 단순한 서평이 아닌, 〈잠자는 남자〉와 함께 하는 글 말이다. 그러나 그것이 언제일지, 혹은 어떤 형식의 글이 될지 짐작할 수 없다. 어쩌면 그것은, 페렉의 책 〈잠자는 남자〉를 갖고 떠난 아주 단조롭고 평범한 여행에 관한 글이 될지도 모른다.

잠자는 남자가 나에게 다가온다. 우리는 뺨과 뺨을 맞대며 가벼운 포옹으로 인사한다. 나는 조금 전 있었던 20달러 남자의 이야기를 그에게 들려준다.

그건 우리의 여행에 좋은 징조일 거야, 하고 잠자는 남자는 긍정적으로 대꾸한다.

나 또한 20달러의 남자를 바보나 정신이상자, 마약중독자로 생각하고 싶지는 않다. 중국인을 폄하해서 그런 행동을 했다고 생각하고 싶지도 않다. 그는 그냥 누군가에게 문득 친절하고 싶어진 것이리라. 그래서 중국이라는 핑계를 대었으리라. 무조건적인 친절의 대상이 되는 것은 어디서나 기분 좋은 일이다.

잠자는 남자는 공항 인근의 호텔을 하룻밤 예약해두었다. 도착한 첫날 긴 비행 뒤 우리는 몹시 피곤할 것이므로 시내까지 가기보다는 가까운 호텔에서 휴식을 취하는 편이 낫겠다고 생각한 때문이다. 그가 예약한 호텔은 공항에서 셔틀버스를 타고 십오 분이면 갈 수 있고, 우리는 짐을 풀 필요도 없이 즉시 샤워를 하고 내일 아침까지 푹 쉴 수 있으리라. 우리는 가벼운 기분으로 셔틀버스 정류장으로 간다. 수많은 정류장 중에서 '트래블롯지Travelogde' 호텔의 셔틀버스가 서는 정류장을 힘겹게 찾아낸다. 그리고 한참 기다리자 버스가 오고, 우리는 무거운 여행 가방을 들고 버스에 올라탄다.

최대한 돈을 아끼는 여행의 특징은, 계획대로 맞아떨어지는 일이 별로 없다는 것이다. 우리는 트래블롯지 호텔을 찾아갔으나, 그곳은 잠자는 남자가 예약한 트래블롯지가 아니다. 접수계 직원의 설명에 의하면 공항 인근의 트래블롯지 호텔은 두 군데이다. 두 트래블롯지는 같은 호텔 체인 소속이긴 하지만 어쨌든 다른 호텔이고, 잠자는 남자의 이름으로는 이곳에 예약되어 있지 않으니 다른 트래블롯지로 가 보아야 한다는 것이다. 그래서 할 수 없이 우리는 다음 셔틀버스가 올 때까지 삼십 분을 호텔 로비에서 기다린 후에 다른 트래블롯지로 향한다. 셔틀버스는 LA 공항 인근의 거대한 호텔 타운을 빙빙 돌아서, 한참 만에 우리를 다른 트래블롯지에 내려준다. 나는 이미 약간 녹초가 된 기분이다. 처음의 트래블롯지 호텔도 그다지 큰 호텔은 아니었지만 두 번째인 그곳은 처음의 트래블롯지보다 더 작고, 덜 쾌적해 보인다. 그런데 기이하게도 이곳 호텔의 컴퓨터에도 우리는 예약되어 있지 않다. 두 번째 트래블롯지의 접수계 여직원은 잠자는 남자의 예약 서류를 한참 들여다보더니, 우리가 처음에 갔던 트래블롯지가 우리가 원래 예약한 호텔이 맞다고,

예약 확인 메일에 나와 있는 주소를 가리키며 말한다. 그 주소는 첫 번째 트래블롯지 호텔의 것이다. 잠자는 남자는 항의한다. 우리는 이미 첫 번째 트래블롯지에서 이곳으로 가보라고 해서 왔고, 그 때문에 셔틀버스 비용까지도 추가로 내야 했다. 게다가 분명 인터넷으로 트래블롯지 호텔에 예약을 한 것도 확실하니, 이 트래블롯지든 저 트래블롯지든 다시 돌아갈 수는 없다고. 그러니 방이 있다면 그냥 여기서 묵게 해 달라고. 다행히 호텔에는 빈방이 있다. 우리는 피곤하고 지쳐서 이 트래블롯지와 저 트래블롯지의 차이를 따지고 싶지 않다. 편하게 묵기 위해서 일부러 공항 근처에 숙소를 잡은 것이 아무런 소용이 없다.

리스본에서 밤새 야간 버스를 타고 새벽에 마드리드에 도착하여 택시를 타고 예약한 호텔로 찾아가니 인터넷에 나와 있는 주소에 그런 이름의 호텔이 없었던 그날 새벽 마드리드의 난감함에 비하면 이 정도는 아무것도 아니라고, 나는 속으로 생각한다.

첫날 공항 근처에 숙소를 잡는 것은 잠자는 남자와 나의 습관 같은 것이다. 우리가 촬영여행지에서 만날 때, 우리의 비행기는 비슷한 시각에 도착하지 못할 경우가 많다. 나는 한국에서 출발하고 잠자는 남자는 유럽에서 출발하기 때문이다. 만약 두 비행기가 도착하는 시간이 차이가 크거나 혹은 한 사람이 하루 먼저 도착하는 경우, 공항 주변의 호텔은 편리하다. 또 긴 비행을 마치고 피곤한 상태로 공항 전철을 타고 바로 시내로 들어가서 호텔을 찾기보다는 하루 정도 공항 인근에서 묵고 다음날 낮에 시내로 이동하는 편이 여유 있기도 하다. 그래서 우리는 공항 주변의 호텔들이 어떠한지 대강 알고 있다. 대개의 경우 공항 주변은 더없이 황량하다. 호텔에서 보이는 것이라곤 길게 뻗어 나가는 고속도로와 차량의 행렬뿐이다. 오직 잠을 위한 장소인 그곳에서의 잠은 아이러니하게도 앙상하다. 공항 주변의 호텔들은 자신들 스스로 철저하게 임시 거처이며 잠의 환승역에 불과하다는 인상을 숨기지 않는다. 그곳에서의 잠은 떠나온 곳의 꿈과 도착한 곳의 꿈들이 뒤섞인 형태로 불안하게 나타난다. 집도 여행지도 아닌 그곳은 여행자의 길에서 일시적으로 벗어난, 장소와 시간이 규정되지 않는 피난선이다.

몇 년 전 잠자는 남자는 카메라를 들고 시드니로 갔다. 떠나기 전 그는 늘 그렇듯이 나에게, 시드니에서 만나고 싶다고 편지를 썼다. 나는 잠자는 남자보다 24시간 이상 먼저 도착하는 티켓을 살 수 있었다. 그리고 공항 바로 인근의 호텔에 체크인을 하고 그를 기다렸다.

나에게 외국이란, 긴 비행을 마친 후 서너 시간의 혼몽하고 불안한 잠에서 깨어난 첫 번째 아침의 비현실의 현기증으로 다가온다. 시드니에서도 마찬가지였다. 나는 24시간 동안 호텔 방에서 나오지 않았고, 창밖으로 불가사의하게 강렬한 빛이 쏟아지는 드넓은 모래 빛 포장도로만 하염없이 내다보고 있었다. 하루 종일 활주로처럼 넓은 그 도로를 지나간 행인이라고는 단 한 사람, 검은 레깅스와 소매 없는 짧은 샛노란 블라우스 차림의, 마치 비너스 조각 같은 몸매를 지닌 젊은 여인뿐이었다. 그녀는 시드니에서 내 시야에 각인된, 최초의 오스트레일리아적인 어떤 것이었다. 나는 신대륙을 발견한 경탄의 시선으로 그녀의 걸음을 오래오래 따라갔다. 이 뜨거운 남반구의 태양 빛을 오직 선글라스 하나만으로 방어하면서, 모자도 없이 맨살을 드러내고 극단적으로 짧고 진한 자신의 그림자만을 동행한 채, 저토록 기운차게 저토록 매혹적으로 걸어갈 수 있는 저 여인은 누구인가. 그녀의 전 존재는, 샛노랗게 뿜어져 나오는 생명력과 건강한 매력으로 금방이라도 터져버릴 듯이 보였다.

햇살이 너무도 강해서인지 호텔 방 창에는 빛을 완전히 차단하는 암막 블라인드가 설치되어 있었다. 그래서 블라인드를 내리고 있으면 방 안은 굴속처럼 완전히 깜깜해졌다. 시간이 얼마나 흘렀는지, 내가 어디에 있는지 짐작할 수도 없는 단단한 어둠이었다. 나는 잠을 자려고 시도하다가, 스스로 잠이 들었다고 믿었으며, 하지만 얼마 지나지 않아 미칠듯한 두근거림에 다시 깨어나 버리곤 했다. 시계를 확인하면 겨우 몇 분이 흘렀을 뿐이다. 그렇게 하루 종일 몽롱한 상태로 있던 나는 아마도 배가 고픈 것 같다는 느낌에 사로잡혀, 용기를 내어 밖으로 나가보기로 했다. 호텔 옆에는 드라이브 인 맥도날드와 도넛 가게가 있었다. 그건 정말로 큰 행운이었다. 호텔들이 늘어선 공항 인근 지역은 식당도 카페도 없이 오직 하염없이 기나긴 도로와 거대한 콘크리트 블록만이 끝없이 이어지는 경우가 많았으니까. 이름을 알 수 없는 커다란 새들이 맥도날드의 드라이브 인 주변을 폴짝거리며 뛰어다녔다. 새들이 조금만 더 컸더라면 나는 그것들을 타조라고 생각했을지도 모른다. 도넛 가게로 가서 커피를 마시고 도넛을 먹었다. 주문을 받고 주문한 음식이 나오는 것을 모두 왕왕 울리는 마이크에 대고 말했기 때문에 가게 안은 시끄러웠다. 그런데 빈자리라고는 마이크 바로 옆자리뿐이었으므로 나는 한 손으로 귀를 가리다시피 하고 앉아서 인터넷에 접속하여 다음날 잠자는 남자와 내가 묵을만한 시내 호스텔을 검색하기 시작했다. 호텔에서는 무선 인터넷이 제공되지 않았기 때문이다.

할리우드 드림 호텔

나는 LA에서 아무것도 보지 못한다. 나는 LA에서 아무것도 하지 않으며, 아무도 만나지 않는다.

그 도시에서 내 기억 속에 가장 강하게 남게 될 유일한 것은 할리우드 지역에 있는 한 호텔이다.

도착 다음 날 아침, 잠자는 남자와 나는 인터넷의 호텔 예약 사이트로 들어가 LA의 가장 저렴한 호텔부터 검색하기 시작한다. 호텔은 절대로 저렴해야 하지만 도미토리는 안 된다. 우리는 호텔 방에서 종종 작업을 해야 하기 때문이다. 우리는 둘 다 까다롭거나 치밀한 소비자가 아니므로, 적당한 호텔을 하나 발견했다 싶으면 오래 생각하지 않고 그 자리에서 덜컥 예약해 버리곤 한다. 우리는 가격과 품질을 오랫동안 비교하고

꼼꼼하게 물건을 고르는 성품이 못 된다. 그래서 덕분에 그동안 여러 나라에서 이상하고 기괴한 호텔들을 전전해왔다. 하지만 그 어떤 호텔도 우리가 LA에서 묵었던 '할리우드 드림 호텔' 만큼 독특하지는 않다.

할리우드 드림 호텔은 하룻밤에 70유로이다. 원래 우리가 생각한 예산은 60유로 이하인데 그만큼 싼 호텔이 시내에는 거의 없기도 하고 또 이 호텔의 사진을 보는 순간 마음이 끌렸으므로 나는 그냥 이곳으로 예약하자고 잠자는 남자를 설득한다. 사진에 보이는 호텔은 오래된 빌라처럼 생긴 고풍스러운 인상의 낡은 건물이다. 전체가 완전히 핑크색인 외양이 독특하다. 길에서 호텔 건물로 들어서기 위해서는 양쪽에 흰 기둥이 우뚝 솟은 아치형 대문도 통과해야 한다. 동화의 세계로 들어선다는 인상인데, 낭만적이라기보다는 뭔가 키치스럽다. 건물 앞 양쪽으로는 철제 울타리가 쳐진 작은 정원이 있다. 보통 이런 정도 가격의 호텔 내지 호스텔들은 벌집 같은 방이 죽 늘어선 전형적인 고속도로 모텔 구조거나 아니면 사각형으로 무미건조하고 좁고 답답한 시내 호텔식 형태이기 쉬운데, 할리우드 드림 호텔은 외양부터가 무척 예외적이다. 지하철을 이용하려면 셔틀버스를 타고 다시 공항으로 나가야 하는 불편함이 있다. 지도상으로 호텔에서 가장 가까운 지하철역이 서너 블록 떨어진 곳에 있긴 하지만 과연 그 거리가 얼마나 될지 상상할 수 없고, 잠자는 남자와 내 여행 가방은 크고 무거운 데다 결정적으로 할리우드 드림 호텔 안내 사이트에는 전혀 지하철 이용에 관한 언급이 없으므로, 우리는 결국 택시를 타기로 결정한다.

택시에서 내리자, 길 오른편에 우리가 사진으로 보았던 것과 똑같은 핑크색 3층 건물이 있다. 그런데 인터넷에서는 미처 유의하지 못한 것, 입구의 아치형 장식 위에는 ALEXANDER, RULER OF THE WORLD라는 좀 엉뚱한 문구가 적혀 있고 그 옆에는 유겐트슈틸 양식을 연상시키는 태양 무늬가 있다. 건물의 핑크색 외벽에도 커다란 금빛의, 그리스식 자모 알렉산드로스 $A\lambda\xi\alpha\nu\delta\rho\rho\sigma$로 추정되는 활자가 눈에 들어온다. 일층 외벽에는 프리즈 띠 장식을 모방한 문양도 보인다. 아마도 고대 그리스 전사들의 모습을 새겨놓은 듯한데, 그리 뛰어난 솜씨라고 할 수는 없다. 우연히 이 한적한 거리를 지나가다가 호텔을 발견했다면 나는 이곳이 그리스 애호가가 자신의 수집품으로 차린 소규모 개인 박물관이라고 생각했을 것이다.

우리가 택시에서 내리는 것을 본 누군가가 안에서 친절하게도 문을 열어준다. 호텔 직원인지 아니면 투숙객인지 알 수 없는 그 사람은 문을 열어준 후 어둑한 복도 저편으로 흔들흔들 사라져버린다. 우리는 가방을 들고 입구의 계단을 올라서 호텔 로비로 들어선다. 정말로 아름다운 로비다! 로비 오른편 벽에는 아름답고 고풍스러운 벤치 위에 커다란 마릴린 먼로의 사진이, 사무실 입구가 있는 왼편에도 역시 마찬가지로 벤치 위 벽에 진 할로우의 대형 사진이 걸려 있다. 실내는 불투명한 유리를 통해 들어온 꿀 빛 햇살과 어둑한 분위기가 서로 은은하게 섞여 있다.

체크인은 사무실 안에서 한다. 우리는 전자식이 아닌 커다란 구식 열쇠를 받는다. 방은 이층이고 엘리베이터는 물론 없다.

호텔의 위치와 가격만 보고 서둘러 예약을 했으므로 우리는 우리가 예약한 것이 이 호텔의 스위트룸인 줄은 미처 모르고 있다. 우리가 묵을 객실은 긴 복도를 따라 침실과 거실 주방이 일직선으로 놓였고 복도 끝에 욕실이 있는 하나의 독립된 아파트구조이다. 묵직한 가죽 소파 세트가 놓인 거실은 꽤 널찍하여 두 사람이 작업하기에도 문제가 없어 보인다. 주방에는 냉장고 가스레인지와 오븐, 식기류가 구비되었고 욕실에는 욕조도 있다. 물론 가구와 물건들은 무척 낡아 보였고 욕조도 오래된 흔적이 역력했지만, 그것이 도리어 호텔의 전체적인 고풍스러운 분위기에 운치를 더해주는 듯하다. 에어컨이 없고 대신 천장에 커다란 프로펠러처럼 생긴 선풍기가 달려 느리게 돌아가는데 나는 그것도 마음에 든다. 우리는 엉겁결에 행운을 만난 기분이다.

파리에서는 이보다 더 비싼 호텔 방에 묵었는데, 방이 얼마나 좁았는지 침대를 제외하면 몸을 움직일 공간도 없었던 것이 떠오른다. 물론 운치 따위도 없었다.

하지만 곧, 기쁨은 성급했을지도 모른다는 불안감이 든다. 주방을 살펴보니 냄비와 프라이팬은 그야말로 백 년은 된 물건이다. 종잇장처럼 얇은 바닥은 우글우글 찌그러졌고 코팅은 다 벗겨진 상태라서 바라보기조차 참혹하다. 과연 이것들을 이용해서 음식을 조리해도 될까 의심이 든다. 하지만 그보다 더욱 심각한 문제는, 주방에 들어서는 순간 가스 냄새가 코를 찌른다는 것이다. 누군가 자살이라도 하려고 가스 오븐의 밸브를 완전히 틀어놓은 것 같다. 창문을 열고 환기를 시키자 가스 냄새는 사라졌지만 그렇다고 안심이 되는 건 아니다. 거실의 인조가죽 소파는 검은 가죽이 허옇게 바랠 정도로 낡았는데, 얼마나 오래되었는지 쿠션의 탄력이 하나도 없어서 무심코 털썩 주저앉으면 엉덩이에 통증을 느낄 뿐 아니라 쿠션 자체가 비스듬하게 닳아있는 상태라서 스르르 미끄러지게 된다. 그러므로 앉을 때는 균형을 잘 잡아야만 한다.

그나마 침실의 상태는 양호했지만 전등이 너무 어두워 책을 읽을 수가 없다. 대개의 저가 호텔에는 사이드 램프라는 물건 자체가 없기 마련인데, 그럴 때 접수계에 부탁하면 독서용 램프를 얻을 수가 있다. 잠자는 남자는 아래층으로 내려가 사무실에서 램프를 하나 얻어온다. 하지만 전선이 너무 짧아서 침대 곁의 탁자에 놓으면 벽에 있는 콘센트에 닿지 않는다. 침대는 움직일 수가 없다. 할 수 없이 탁자를 침대에서 멀찍이 떨어뜨려 놓은 다음에야 램프의 스위치를 켜는 것이 가능하다. 그러니 사람은 몸을 침대 가장자리에 불안하게 걸친 자세로 간신히 책을 읽을 수 있다. 램프 자체의 불빛이 충분히 밝지 않아서 가까이 있어야만 독서가 가능했기 때문이다. 그러나 우리는 불편한 호텔에 익숙해져 있고, 또 그다지 까탈스러운 성격도 아니다. 이 정도의 문제는 사실 어느 호텔에서나 항상 겪었다고 말할 수 있다. 나는 잠자는 남자에게 램프를 양보한다. 그날 나는 잠자리에서 페렉의 〈잠자는 남자〉를 읽지 않는다.

운이 좋은 경우, 여행을 하면서 고급 호텔에 묵었던 적도 몇 번인가 있다. 그러나 나는 편리하고 쾌적한 고급 호텔을 썩 좋아하지 않는다. 편리하고 쾌적해서가 아니라, 고급 호텔이란 장소는 전 세계 어디나 비슷하게 규격화되어있기 때문이다. 그런 장소에서 이야기는 스스로 성장할 힘을 잃는지도 모른다. 어느 해인가 구정 때 나는 홍콩 침사추이에 있는 인터콘티넨탈 호텔 객실에서 빅토리아 항만의 신년축하 불꽃놀이를 보았다. 나와 내 애인은 소파에 편하게 누워서, 객실 통유리창 밖으로 맞은편 홍콩 섬의 으리으리한 야경과 탁 트인 항만의 풍경, 그리고 밤하늘을 수놓는 불꽃들의 향연을 감상할 수 있었다. 그러나 그 모든 것은 내가 기대하던 만큼 매혹적이지 않았다. 펑펑하고 터지는 불꽃놀이는 단조로웠고 변함없이 항상 그 자리에 있는 홍콩 섬의 야경도 오 분 뒤에는 시들해졌으며, 다른 대도시의 호텔과 다르지 않은 객실의 고급 실내장식도 별 감흥이 없었다. 왜인지는 모른다. 아마 밖에 나가서 와글거리는 인파에 뒤섞인 채 항구의 바람을 맞으며 불꽃놀이를 구경했으면 좀 다르게 느꼈을지도 모르겠다. 그 여행은 나에게 몇 년이 지난 지금까지도 매우 기묘한 것으로 남아있다. 사랑에 빠진 상태에서 떠난 여행. 돈을 아끼려고 애쓰지 않아도 되었던 극히 드문 여행. 그러나 어떤 알 수 없는 이유로

인해 색채와 이야기가 사라져버린 여행. 도자기 잔에 든 차는 식었고 행운의 과자를 깨자 그 안에서는 아무런 문구가 적혀있지 않은 백지가 나왔으며 회색으로 흐린 하늘에는 건조한 냉기류가 흘렀다. 새 시장에서 우리는 새장에 든 독수리를 보았다. 나와 내 애인은 새 시장을 좋아했다. 늘 그렇듯이 나는 그 여행에서 카메라의 충전기를 가져가는 것을 잊었고, 그래서 사진을 거의 찍지 못했다. 카메라의 배터리가 완전히 닳기 전 마지막으로 찍은 사진에서, 나와 내 애인은 마카오로 가는 페리 안에 있다. 이상하게도 둘 다 살짝 굳어있는, 침묵의 얼굴이다. 기억은 어느 특정 장면에서 항상 현기증을 느끼며 비틀거린다. 내게는 그해 구정 애인과의 홍콩 여행이 그랬다. 하지만 그로부터 몇 년이나 지나서 나와 애인이 헤어지기로 한 것은 오래전 홍콩 여행 때문은 아니었다. 새 시장 때문도 아니었다. 남중국해의 미지근한 바닷물 때문도 아니었다.

홍콩의 기억은 항상 같은 장소에서 시작하여 같은 장소에서 끝난다. 그것은 아름답고 쾌적했던 호텔 객실이다. 매일 아침 룸서비스로 주문하던 아침 식사, 웨이터가 탁자 위에 흰 테이블보를 정성스럽게 깔고 그 위에 놓아주던 거울처럼 빛나는 은색 쟁반과 더블 에스프레소 주전자가 기억난다. 그리고 소파에 누워서 보았던 빅토리아 항만의 구정 축제, 지루한 몸짓의 무용수처럼, 자꾸만 반복해서, 똑같은 동작으로 기운 없이 하늘로 올라가던 죽은 불꽃들이 희미한 꿈처럼 떠오를 뿐이다. 그런데 기억 속의 모든 장면이 벌어지는 호텔 방에 있는 것은, 이상하게도 나 혼자다.

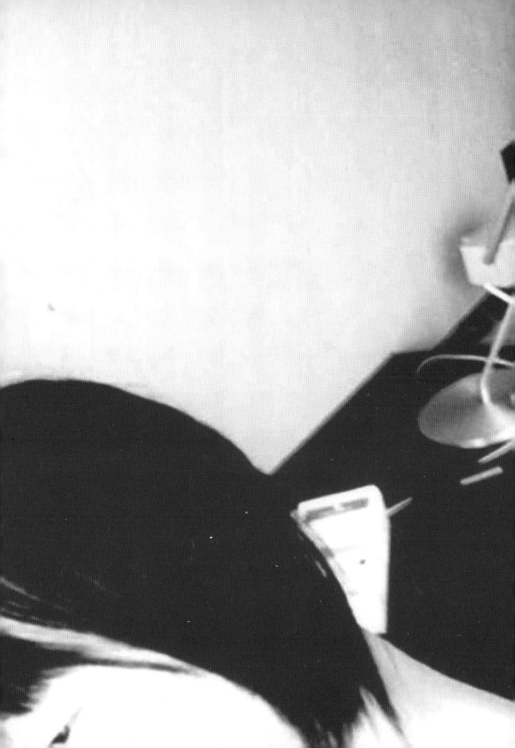

잠의 무성영화

잠자는 남자는 자기 자신의 잠으로 영화를 만들고 싶어한다. 이것을 위해서 그는 내 도움이 필요하다.

우리가 처음으로 함께 촬영여행을 떠난 곳은 중국 상하이였다.

그곳에서 잠자는 남자는 물었다.

혹시 밤중에 우연히 잠에서 깨어난다면, 그때 카메라로 내 잠을 찍어줄 수 있겠어?

나는 그러겠노라고 대답했다.

완전한 잠이어야 해. 잠든 척하고 있거나, 잠에서 깨어나 버리는 순간이 없는 순수한 잠을 촬영하고 싶어.

나는 그러겠노라고 대답했다.

하지만 잠은, 아무 일도 일어나지 않은 채 그냥 숨만 쉬고 있는 그런 상태는 아니야. 잠이 가지고 있는 특별한 장면들을 너는 포착해야만 해. 잠은 현실의 그림자야. 현실의 무성영화야. 나는 잠을 살고 싶어. 내 잠을 찍는다는 것은 내 잠의 무성영화에 너도 함께 출연한다는 의미이기도 하지. 지금 나는 내 여행을 필름에 담으며 영화를 만들지만, 언젠가는 내 잠으로 이루어진 무성영화를 만들고 싶어. 제목은 〈잠자는 남자〉가 될 거야. 너는 내 잠의 인도자이며 내레이터가 되어야 해. 그렇게 해줄 수 있겠어?

나는 그러겠노라고 대답했다.

이것은 우리 사이에 형성된 무형의 계약이었다. 그래서 우리는 함께 여행을 다니게 된다.

그러나 나는 아직 한 번도 잠자는 남자의 잠을 촬영하지 못했다. 내가 잠에서 깨었는데 그가 여전히 잠들어 있는 경우란 한 번도 없었기 때문이다. 우리가 촬영여행을 다닐 때마다 잠자는 남자는 나에게 같은 부탁을 한다. 혹시 밤중에 우연히 잠에서 깨어난다면, 그때 카메라로 내 잠을 찍어줄 수 있겠어? 상하이에서, 마드리드에서, 리스본에서, 파리에서, 브레타뉴에서, 프라하에서, 샌프란시스코에서, 시드니에서, 싱가폴에서, 발트 해의 포엘 섬에서, 란스도르프에서, 베를린에서 그리고 그 사이에 놓인 모든 길 위에서. 잠자는 남자는 매번 마치 처음인 듯이 진지하게 부탁한다. 마치 예전에는 한 번도 이런 부탁을 내게 하지 않은 사람처럼, 유일한 비밀을 처음으로 털어놓는 사람처럼, 매번 그렇게 말한다.

그러나 나는 한 번도 그 부탁을 들어주지 못했다. 나는 잠자는 남자의 완전한 잠을 내 잠의 바깥에서 보지 못했기 때문이다. 그의 잠은 매우 희박하고 불완전하여, 내가 몸을 일으킬 때 침대의 아주 미세한 흔들림을 느끼거나 살금살금 화장실로 걸어가는 내 발걸음 소리만 들려도 쉽게 깨어나 버리곤 한다. 심지어 내 엷은 눈꺼풀이 열리는 소리에도 그는 잠에서 깨어나는 것이 분명하다. 내가 밤중에 우연히 잠에서 깨었을 때 그의 눈이 감겨있는 것을 본 기억이 한 번도 없기 때문이다. 그래서 카메라를 켜려는 내 시도는 번번이 실패할 수밖에 없다. 그는 순수한 잠을 촬영하고자 원하기 때문에 미리 카메라를 작동시키고 잠자리에 드는 방식을 선택하지 않는다. 자신의 완벽한 잠을 카메라를 통해서 보기를 원한다. 의식의 통제를 전혀 받지 않는 원시적인 잠을 궁금해한다. 그리고 나중에 잠에서 깨어난 다음, 자신이 잠들면서 꾸었던 꿈의 내용을 자신의

잠의 모습에서 읽어내고 싶어한다.

LA에서도 마찬가지이다.

여행지의 잠의 공간에서 늘 그랬듯이, 잠자는 남자는 습관처럼 할리우드 드림 호텔의 침대 곁에 삼각대를 세우고 비디오카메라를 설치한다. 그리고 묻는다.

혹시 밤중에 우연히 잠에서 깨어난다면, 그때 카메라로 내 잠을 찍어줄 수 있겠어?

마치 처음인 듯이 진지하게. 마치 예전에는 한 번도 이런 부탁을 내게 하지 않은 사람처럼, 유일한 비밀을 처음으로 털어놓는 사람처럼.

나는 그러겠노라고 대답한다. 하지만 그동안 우리가 거쳐온 모든 도시에서 그랬듯이 LA에서도 성공하지 못할 것임을 나는 안다.

선셋 대로

드림 호텔에서의 첫날밤, 기대와는 달리 우리는 도무지 잠들지 못한다. 비교적 한적해 보이던 호텔 앞 도로는 밤이 되자 본격적으로 화물차들이 운행하기 시작한다. 왜인지는 모른다. 나중에 알고 보니 파라마운트 영화사의 대규모 스튜디오 주차장이 드림 호텔 바로 정면에 자리 잡고 있다. 엄청난 덩치의 대형 화물차들이 밤새도록 주차장을 드나든다. 동이 틀 무렵 화물차들이 좀 뜸해지고 나면 이제 청소차들이 특유의 딩동딩동 하는 벨 소리를 울리며 집집마다 다니면서 쓰레기통을 비운다. 덜커덩 소리와 함께 쓰레기통이 들려 올라가고, 슈욱 하는 소리와 함께 공기 압축기가 쓰레기를 힘차게 빨아들이고, 다시 쓰레기통이 내려오고, 그리고 육중한 몸체를 끌고 몇 미터를 요란하게 이동한 청소차는 옆집 쓰레기통 앞에서 다시 멈추고, 특유의 벨 소리가 울리고, 덜커덩 소리와 함께 쓰레기통이 들려 올라간다. 모든 단계의 소음이 바로 우리의 귓가에서 들리는 것처럼 거세고 예리하고 선명하다.

창문을 닫기만 하면 주방에 가스 냄새가 차기 때문에 나는 밤에도 주방뿐 아니라 욕실과 거실의 창을 모두 열어놓는다. 잠자는 남자는 도둑이 들어올 것을 염려하여 창을 닫자고 하지만 나는 그럴 수 없다. 세계의 지배자 알렉산더가 통치하는 핑크색 호텔 2층 객실로 침투하는 도둑이라니 상상만 해도 웃음이 나온다. 하지만 결국 침실 창은 닫을 수밖에 없다. 도저히 소음을 견딜 수 없기 때문이다. 밤에는 쌀쌀하여 난방을 틀고 싶으나 그것도 가스이기에 불안하다. 그래서 창문을 닫고 난방을 끈다.

다음 날 아침, 본격적으로 피곤을 풀기 위해서 여행 온 이후 처음으로 더운물 목욕을 해 보려 한다. 그래서 더운물 수도꼭지를 튼다. 더운물의 온도가 좀 부족한듯하여 일부러 찬물 수도꼭지는 따로 틀지 않는다. 그런데 더운물의 온도가 점점 더 뜨거워져서 도저히 욕조에 들어갈 수 없는 지경에 이르고 만다. 나는 더운물 수도꼭지를 잠그려고 한다. 그런데 이상하게도 수도꼭지가 돌아가지 않는다. 뜨거운 물은 계속해서 쏟아지는데 아무리 힘을 주어도 꼭지를 잠글 수가 없다. 물은 이미 욕조 가장자리에 거의 이르러서, 금방이라도 넘쳐 흐를 것만 같다. 뜨거운 김이 욕실 전체에 자욱하다. 당장 욕조 바닥의 고무마개를 뽑아야 한다. 그런데 물이 너무 뜨거워서 팔을 넣을 수가 없다! 잘못하면 바닥에 물이 넘치고 말 것이다. 어떻게든 물을 멈추어 보려고 양손으로 꼭지를 붙잡고 힘껏 돌린다. 그러자 마치 내부에서 어떤 나사가 툭 빠져버린 듯이, 수도꼭지는 저절로 마구 돌아가기 시작한다. 하지만 정작 뜨거운 물은 전혀 멈출 기세가 아니고, 대신 욕실에 급격하게 가스 냄새가 진동하기 시작한다. 수도꼭지에서 가스가 뿜어져 나오기라도 한 것처럼. 몇 초 뒤 가스 알람이 울리기 시작한다. 나는 당황한다. 닫아놓았던 욕실의 창문을 연다. 그러자 바로 코앞에서, 90도 방향으로 놓인 호텔의 다른 객실 창을 내다보고 있는 한 중국인 여자의 얼굴과 정면으로 마주치고 만다. 욕조에 들어갈 생각으로 옷을 벗고 있던 나는 더더욱 당황하여 뒤로 물러난다. 창문을 연 덕분인지 잠시 뒤 알람은 멈추고, 잠자는 남자가 달려와서 수도꼭지를 제대로 잠근다. 욕조가 넘치기 일보 직전이다.

요란한 알람이 한참이나 울렸지만 아무도 올라오지 않는다.

인터넷 웹 사이트의 광고에 의하면 원칙적으로 드림 호텔의 숙박비에는 아침 식사가 포함되어 있다. 식사는 로비에 있는 식당에서 하는데, 우리는 그곳에서 단 한 번도 다른 투숙객들을 보지 못한다. 몇 개의 탁자가 모양 없이 불규칙하게 흩어진 그곳은 편하게 아침 식사를 할 만한 공간이 아니다. 모든 것은 낡았고, 흐릿하고, 음침해 보인다. 심지어 선반 위에는 뽀얗게 먼지가 앉은 영화 비디오테이프들이 진열되어 있다. 앤틱 취미로 일부러 진열해 놓은 것인지, 아니면 비디오테이프 시대에 투숙객들에게 서비스하는 차원에서 놓아둔 이후 모두에게서 잊힌 채로 계속 그 상태로 있는 것인지는 알지 못한다.

아침 식사 탁자에는 둥그렇고 투명한 플라스틱 덮개 아래 아침 식사용 빵들이 놓여있다. 미국 호텔에서 아침 식사로 제공하는 빵은 당황스러울 만큼 부드럽고 달다. 잠자는 남자와 나는 미국식 빵을 먹는 순간 동시에, 바로 석 달 전 우리가 리스본에서 먹었던 빵을 마음속에 떠올린다. 리스본에서 우리는 여러 가지에 감탄했는데, 매일 아침 식사를 하던 시내 호텔 옆 빵집의 구수한 풍미의 빵을 특히 좋아했다.

그 밖에도 드림 호텔 식당의 과일바구니에는 말라빠진 사과 몇 알이, 보온병에는 커피가 들어있다. 커피는 참을 수 없을 만큼 묽다. 잠자는 남자와 나는 연한 아메리카노 커피를 좋아하지 않지만 당장은 선택의 여지가 없다. 잠자는 남자의 커피 취향은 까다로워서, 그는 에스프레소가 아닌 일반 커피 기계로 내린 커피도 마시지 않는다. 대신 곱게 분쇄한 커피 분말에 뜨거운 물을 직접 타서 가루가 가라앉은 다음에 마시는 커피를 좋아한다. 으슥하고 침침한 식당의 분위기가 마음에 들지 않는 우리는 빵 몇 조각과 커피, 그리고 사과를 일회용 접시에 담아 방으로 가져가서 먹기로 한다.

식당에는 아침 식사 시간 이외에도 티백 차와 뜨거운 물 등이 항상 마련되어 있으므로 언제라도 활용할 수 있다고 한다. 하지만 거기 투명한 플라스틱 뚜껑 아래에 있는 빵들도 매일매일 교체되는 것 같지는 않다.

다음 날 그리고 또 다음 날도 빵들의 종류나 모양이 항상 그대로였기 때문이다. 아침 식사 시간이 아닌 때에도 플라스틱 덮개 아래의 빵들은 대개 그 자리에 놓여있다. 간혹 사과의 개수가 늘어났고 포도 등의 과일이 보일 때도 있다.

거기서 식사를 하는 사람의 모습은 우리가 LA를 떠날 때까지 한 번도 보지 못한다.

이 호텔의 가장 커다란 매혹은 로비이다. 인터넷이 그나마 가장 잘 연결되는 곳도 로비이다. 객실에서는 자주 끊어진다. '무선 인터넷 가능함'이라는 호텔의 안내 문구를 도저히 인정할 수가 없다. 아주 드물게 인터넷이 끊어지지 않는 시간을 활용해서 나는 우리가 드림 호텔을 예약한 인터넷 웹사이트를 살펴본다. 할리우드 드림 호텔에 대한 엄청난 수준의 불만 리뷰가 수십 개나 달려있다. 더럽다, 더럽다, 더럽다... 주차 공간이 없다, 분명히 늦게 도착한다고 알리고 밤 10시에 도착했는데 아무도 문을 열어주지 않아서 새벽까지 기다리다가 할 수 없이 다른 모텔을 찾아가야만 했다, 한여름인데 에어컨이 없어서 쪄 죽을 뻔 했다, 모든 것이 엉망이다, 이 호텔에서 묵는 것은 시간 낭비다, 하룻밤이 지난 뒤 도망치듯이 떠나야만 했다, 객실에서 악취가 나서 견딜 수 없다, 끔찍하다, 여기는 호텔이 아니다, 이건 불법 시설물이나 마찬가지 수준이다, 등등. 에어컨과 주차가 현실적인 문제인 듯했지만 청결에 관한 평가가 가장 치명적이다. 지금껏 묵었던 호텔 중 최악이라는 말도 드물지 않게 눈에 들어온다.

잠자는 남자와 나는 재미있어하며 호텔리뷰들을 읽는다.

그러나 나는 불만의 리뷰들 사이에 있는 호텔의 답변 속에서, 이 호텔 로비가 몇몇 유명 무성영화 배우들의 촬영 현장이었다는 정보를 읽게 된다. 그중에는 채플린도 있다. 그의 어떤 영화인지는 모른다. 아마도 이곳은, 무성영화시대에는 멋진 호텔이었음이 틀림없다. 그리고 아마도 비디오테이프의 시대에는 아침 식사 식당의 풍경도 아름답고 품위 있었을지도 모른다.

잠자는 남자와 나는 첫날 공항 인근의 호텔 예약을 제외하고는 그 어떤 일정도 약속하지 않고 LA에 왔다. 늘 그렇듯이 우리는 이 도시에서 철저하게 즉흥적인 시간을 보내려고 한다. 우리는 우연히 묵게 된 이 호텔이 역사적인 장소라는 점에 마음이 끌린다. 게으르고 부주의한 우리 두 여행자는, 그러므로 진동하는 가스 냄새에도 불구하고 며칠을 더 묵기로 한다.

잠자는 남자는 첫 번째 촬영 장소로 호텔 위쪽에 있는 할리우드 공동묘지를 선택한다. 묘지 입구에 서 있는 안내판에는 매장된 자들의 명단이 있는데, 우리는 아는 이름을 발견하지 못한다. 하지만 묘지 자체는 아름답고 넓고 한적하다. 그곳은 기묘한 행성이다. 나무들이 이상한 각도로 기울어진 채 서 있다. 잠자는 남자는 내가 길고 검은 옷을 입고 묘지 사이를 걸어가는 모습을 멀리서 찍고 싶다고 한다. 나는 길고 검은 원피스를 입고는 있으나 그것은 소매가 없는 디자인이므로 분위기와 맞지 않고, 더구나 날씨가 쌀쌀하여 원피스만 입고는 오래 돌아다닐 수가 없다. 우리는 대충 서둘러 촬영을 마치고 나는 원피스 위에 티셔츠를 껴입는다. 묘지촬영은 나중에 햇빛이 더 좋은 다른 날을 골라 다시 하기로 한다.

잠자는 남자가 혼자서 묘석들을 촬영하는 사이 나는 벤치에 앉아 페렉의 〈잠자는 남자〉를 꺼내서 읽는다.

그 무엇도 원하지 않기. 기다릴 것이 완전히 없어질 때까지 기다리기. 늦장 부리기, 잠자기. 인파에, 거리에 휩쓸리게끔 너 자신을 방치하기. 도랑을, 철책을, 배를 따라 물가를 좇기. 강둑을 따라 걷기, 벽에 찰싹 붙어 지나가기. 네 시간을 허비하기, 온갖 계획으로부터, 모든 성급함으로부터 벗어나기. 욕망 없이, 원한 없이, 저항 없이 존재하기.

(조르주 페렉, 〈잠자는 남자〉 조재룡 옮김)

마치 지금 우리의 여행과 같구나, 하고 나는 생각한다. 그 무엇도 원하지 않기, 기다리기, 방치하기, 허비하기, 그리고 벗어나기…

공동묘지 촬영을 마친 우리는 선셋 대로로 간다.
이곳은 빌리 와일더의 느와르 영화 〈선셋 대로〉의 무대가 된 거리라고

잠자는 남자가 말한다. 나는 제목만 들었을 뿐, 그 영화를 보지는 않았다. 잠자는 남자는 영화의 줄거리를 설명해준다. 오래전에 무성영화배우로 큰 사랑을 받았던 여배우가 있었다. 그러나 현재는 망각된 스타일 뿐이다. 그녀는 언젠가 멋진 시나리오로 스크린에 화려하게 복귀할 것이라는 망상을 버리지 않는다. 그녀는 실망스러운 현실을 받아들이고 싶지 않다. 실패한 시나리오 작가가 그녀를 찾아온다. 그녀는 그가 자신을 위해 시나리오를 써 주기를 원한다. 당장 재정적인 도움이 필요한 남자는 그녀의 요구를 수락하고, 그 사이 그들은 연인이 된다. 그러나 시나리오 작가가 마음에 품고 있는 여인은 따로 있다. 그 사실을 알게 된 여배우는 그를 살해한다. 그리고 살인 사건을 취재하러 온 텔레비전 보도 카메라를 향해 다가간다. 그 순간 그녀는 시나리오 속의 여주인공 살로메가 된다. 아무도 스타를 버릴 순 없다.

나는 그 시절에 만들어진 할리우드 느와르에 완전히 푹 빠졌지, 하고 잠자는 남자는 말한다.

레이먼드 챈들러 원작에 알트만 감독의 작품 〈롱굿바이 The long Good-bye〉, 존 카사베츠 감독의 영화 〈차이니즈 부키의 죽음〉, 〈A Woman Under the Influence〉 등을 좋아했어. 모두 이 도시를 무대로 하고 있지. 그래서 지금 이 순간 내가 여기 선셋 대로에 서 있다는 것이 감격스러워.

유감스럽게도 나는 LA 느와르를 전혀 알지 못한다.

선셋 대로를 걷다가 어느 건물의 2층에 타이 레스토랑을 발견한 우리는 배도 고프고 하여 그곳으로 들어간다. 잠자는 남자는 LA에 온 기념으로 느와르의 무대 선셋 대로가 내려다보이는 타이 레스토랑 발코니에서 한국 여인과 함께 앉아 중국 칭타오 맥주를 마시면서 북아프리카산 물담배를 피우기로 한다. 우리는 새우를 넣은 볶음 국수 두 접시, 칭타오 맥주와 아이스커피, 그리고 물담배를 하나 주문한다. 잠자는 남자는 중국 여행 이후 칭타오 맥주를 좋아하게 되었다고 말한다. 웨이트리스는 짧은 반바지 차림의 젊은 동아시아 여자이다. 잠자는 남자는 그녀가 눈동자에 컬러 렌즈를 착용하고 있는 것 같다고 말한다. 그러나 나는 전혀 알아차리지 못한다. 너는 어떻게 여자의, 그것도 아시아 여자의 눈동자에 대해서 그리도 자세히 알고 있지? 하고 나는 호기심에 차서 묻는다. 잠자는 남자가 대답하기를, 자신은 영화를 찍는 일을 하므로 사물이나 사람들을 관찰하는 것이 습관이 되었다는 것이다. 나는 잠자는 남자가 어떤 사람의 얼굴을 유심히 관찰한다는 인상을 단 한 번도 받은 적이 없으므로 그 대답은 나를 더욱 놀라게 한다. 그러면 내 얼굴도 그런 식으로 관찰을 해 왔겠구나, 하고 말하려는 찰나 음식이 나온다. 이집의 볶음 국수는 달콤한 것을 좋아하는 우리의 마음에 든다. 모든 것이 달콤하다. 물담배를 빨아들여 연기를 입안에 물자 독특하게도 역시 달콤한 맛이 난다.

〈선셋 대로〉의 감독인 빌리 와일더가 베를린 사람이란 사실을 알고 있어? 하고 잠자는 남자가 문득 묻는다.

설마 그럴 리가.

나는 물담배를 물면서 이렇게 대답한다.

원래는 폴란드 출신 유대인이지만 빌리 와일더는 몇 년간 베를린에서 기자이자 시나리오 대필 작가로 일했지. 에리히 캐스트너와 함께 그의 작품 〈에밀과 탐정들〉의 시나리오를 공동 작업하기도 하면서. 그러다 국가사회주의자들이 정권을 잡자 미국으로 이주했어.

잠자는 남자는 칭타오 맥주를 마신다. 할리우드 공동묘지에서 그는 혹시 빌리 와일더의 묘소를 발견하지 않을까 기대했으나 그러지 못했으므로 실망한다.

호텔로 돌아가는 길에 멕시코인 빵집에 들러 다음 날 아침에 먹을 커다란 빵을 한 덩어리 산다. 호텔에서 주는 아침 식사는 더 이상 먹을 수가 없다. 멕시코 상점에서 커피와 올리브오일과 양파와 가지, 딸기잼을 산다. 그리고 나의 강력한 주장에 따라 고무장갑도 한 벌 산다.

밤에 나는 페렉의 〈잠자는 남자〉를 읽는다. 잠자는 남자는 카메라를 가지고 온다. 그리고 내가 소리 내서 책의 한 페이지를 읽기를 바란다. 한국어의 번역본이라서 이해하지 못할 거라고 말하자, 그는 한국어의 음성으로 낭독되는 페렉을 들어보고 싶다고 대답한다. 나는 덮어놓았던 책을 펼친다. 그리고 우연히 펼쳐진 바로 그 페이지를 읽는다. 잠자는 남자는 〈잠자는 남자〉를 읽는 나를 촬영한다. 한국어의 소리를 입은 페렉의 〈잠자는 남자〉에 귀 기울인다.

시간의, 하루하루의, 주의. 계절의 저 흐름에 맞추어, 너는 모든 것으로부터 너 자신을 분리시킨다, 너는 모든 것으로부터 너 자신을 떼어낸다. 너는, 네가 자유롭다는, 그 무엇도 너를 짓누르지 않는다는, 네 마음에 들지도 않고 들지 않는 것도 아닌, 일종의 취기를, 가끔이다시피 할 정도로, 발견하곤 한다. 너는, 마모되지도 않고 가벼운 흔들림도 없는 이와 같은 삶 속에서, 트럼프나 다소간의 소음이, 네가 너 자신에게 제공하는 다소간의 스펙터클이 마련해주는 이 유보된 순간들을, 매력적이고, 이따금 새로운 감동으로 부풀어 오르기도 하는, 완벽한 것이나 거의 다름없다시피 한 행복 하나를 찾아낸다. 너는 완전한 휴식이 무엇인지 안다, 너는, 매 순간, 절약되고, 보호된다. 너는, 그 무엇도 네가 기대하지 않는, 저 축복받은 괄호 속에서, 약속으로 충만한 저 공백 아래에서, 살아간다. 너는 눈에 보이지 않으며, 맑고, 투명하다. 너는 더 이상 존재하지

않는다: 시간의 연속과, 나날들의 연속과, 계절의 변화와, 세월의 흐름 속에서, 저는, 즐거움도 슬픔도 없이, 미래도 과거도 없이, 바로 그렇게, 단순하게, 확실하게, 층계참의 수도꼭지에서 떨어지는 물방울처럼, 분홍색 플라스틱 대야에 담긴 여섯 개의 양말처럼, 한 마리 파리나 혹은 바보 멍텅구리처럼, 게으름뱅이처럼, 달팽이처럼, 어린아이나 늙은 노인처럼, 한 마리 쥐처럼, 살아간다.

(조르주 페렉, 〈잠자는 남자〉 조재룡 옮김.)

페렉은 1973년 Bernard Queysanne 감독과 함께 〈잠자는 남자〉를 영화화한다. 우리는 유튜브에서 영화 〈잠자는 남자(un homme qui dort)〉 필름을 발견한다. 하지만 호텔의 인터넷 사정이 좋지 않아 볼 수가 없다.

잠자는 남자의 여행법

잠들기 전, 우리는 침대에 누운 채 잠자는 남자가 가져온 필름, 자끄 투르뇌르 감독의 느와르 〈out of the past〉를 본다. 영화는 캘리포니아의 황량한 주유소에서 시작된다.

잠자는 남자에게는 '지금-여기'가 중요하다. 우리가 LA 느와르를 보는 이유는, 우리가 LA, 그것도 느와르의 거리 선셋 대로 인근에 있기 때문이다. 그것이 전부다.

우리가 프랑스에 갔을 때, 그는 페르난도 아라발의 영화를 가져갔다. 아라발의 〈죽음이여 영원하라〉는 너무도 천진난만하게 잔혹하여 나는 화면을 똑바로 볼 수가 없었다. 내가 친구들과 교토로 여행 갔을 때, 그는 나에게 구로사와 감독의 〈꿈〉을 보라고 권하기 위해서 일부러 전화를 했다. 영화뿐 아니라 책도 마찬가지이다. 상하이 여행 때는 가오징센의 〈영혼의 산〉을 함께 읽었고 프라하에서는 흐라발을, 샌프란시스코에서는 무거운 여행 가방에도 불구하고 두께가 만만치 않은 긴스버그의 〈하울Howl〉을 가져가 읽는 것을 당연히 여겼다. 강박이라기보다는 그만의 방식으로 '지금-여기'를 즐기는 것이다.

여행지에 도착한 뒤 잠자는 남자가 여행 가방을 열면, 그 안에서는 항상 작은 도서관이 통째로 들어있다. 나는 그의 여행 가방이 신기하면서도 두렵다. 책으로 가득 찬 저 가방을 어떻게 운반해서 끌고 오는 것일까. 돌덩이가 든 것처럼 무거운 가방. 잠자는 남자의 여행 가방은 이동도서관처럼 항상 책과 영화 필름으로 가득하다. 그가 들고 다니는 검은 배낭에는 카메라가 있다. 그가 여행에 가지고 다니는 이외의 내용물은 빈약하기 짝이 없다. 서너 벌의 검은 티셔츠, 날이 추워질 것을 대비한 단 한 벌의 검은 스웨터, 그리고 여벌의 속옷과 양말 두어 켤레가 전부이다.

잠자는 남자의 여행법은 이렇다. 드림 호텔에 도착한 첫날, 늘 그렇듯이 잠자는 남자는 제일 먼저 여행 가방에서 책들을 꺼낸다. 그리고 집에서의 습관 그대로 책들을 각각의 장소에 배치한다. 침대 사이드 테이블에는 잠들기 전에 읽을 책들, 그리고 잠에서 깨어난 직후 아침 햇살 속에서 가장 먼저 펼쳐 들 하루의 첫 책들을 골라 놓는다. 욕조 곁에도 한두 권의 책이 있다. 목욕하면서 읽을 책들이다. 그가 욕조에 들어간다는

것은 목욕을 하겠다는 이유보다도 따뜻한 물속에서 책을 읽겠다는 이유가 더 강하다. 그가 주로 일하는 소파 테이블에도 당연히 책들이 작은 산을 이루고 있다. 어느새 호텔 객실의 모든 공간에는 책들이 있다. 거실과 주방을 연결하는 카운터에도 책들을 세워둔다. 로비에서 가져온 지역 신문도 있다. 책들 곁에는 자연스럽게 카메라가 놓인다. 심지어 잠자는 남자는 사람들이 개나 고양이를 이불 속으로 데리고 오듯이 책들을 이불 속으로 데리고 들어온다.

잠자는 남자는 그 모든 책을 여행길에 늘 들고 다닌다. 그뿐만 아니라 잠자는 남자가 나에게 주기 위해서 특별히 가져오는 책들이 있다. 내가 가져다 달라고 부탁한 책뿐 아니라 무심코 입에 올리며 읽고 싶다고 말했던 책을 기억하고 가져다준다. 그리고 잠자는 남자 자신이 생각하기에 내가 글을 쓸 때 도움이 될 듯한 책, 내가 읽어보면 좋을 거라고 생각되는 책, 그리고 번역을 추천할 만한 책들도 가져온다. 이번에 그는 내가 부탁한 독일어판 〈잠자는 남자〉와 카프카의 〈밀레나에게 보내는 편지〉 이외에도 프레이저의 〈황금가지〉, 뮬만의 〈여성의 변신〉, 케네스 화이트의 시집 그리고 포르투갈 작가 안투네스의 소설을 네 권이나 나를 위해서 LA로 가져왔다. 고맙긴 하지만 늘 그렇듯이 나는 한국으로 가져가야 할 책들의 더미를 보는 순간 겁에 질린다.

잠자는 남자는 기록하는 일에 열심인데, 그의 기록 방식은 보통사람들이 하듯이 노트에 글자를 적는 것이 아니라 스케치북에 비주얼 자료를 자르고 오려내어 하나의 영화 신으로 연출해 붙이고 글을 첨가하는 콜라주다. 그러기 위해서 여행을 할 때마다 항상 두꺼운 검은 표지의 커다란 스케치북과 가위와 풀을 갖고 다닌다. 스케치북에는 여행지에서 손에 넣은 거의 모든 흥미로운 그림들, 관광엽서나 여행 팸플릿, 박물관이나 공원의 입장권, 기차나 버스의 티켓, 그날 우연히 눈에 들어온 빈 담뱃갑, 과자봉지, 현지 신문이나 잡지에서 오려낸 사진들을 콜라주 형식으로 붙여 넣는다. 간혹 한두 문장의 시구를 적어 넣기도 하지만 문자적인 기록을 선호하지는 않는다. 잠자는 남자는 자신의 콜라주를 위해 서라면 길에 버려진 종잇조각이나 담뱃갑을 줍는 일도 주저하지 않는다. 우리가 시드니에 있을 때, 그는 어느 날 아침 산책길에서 죽은 뱀을 발견했다. 손가락만큼 작은 그 초록색 뱀은 로드킬을 당해 납작하게 눌려 있었다. 잠자는 남자는 그것을 집어 들어 숙소로 가져와 스케치북에 붙이고 장소와 날짜를 써 넣었다.

언젠가 나는 잠자는 남자에게 왜 그런 식으로 일기를 기록하느냐고 물었다. 그는 대답하기를, 자신은 이미 십여 년 전부터 필름을 만들듯이 일기를 써 왔다고 했다. 이것은 영상을 실물로 기록하는 그만의 방식이라고. 그리고 손으로 콜라주 작업을 하는 도중에 영상으로 만들어내고 싶은 화면이 머릿속에 떠오를 때가 많다고. 이미 세상에 존재하는 그림들을 새로이 배치하는 것은 이미 세상에 존재하는 사물들을 새로이 배치하는 영화의 화면 연출과도 같아서 즐겁다고. 그것이 자신의 페이퍼 영화라고.

비장한 음악, 극적인 전개, 한 발의 총성, 주인공의 죽음, 영원히 묻힌 과거, 사랑과 이야기의 종말.

느와르 영화가 채 끝나기 전에 나는 잠이 든다.

반쯤 잠이 든 상태에서도 내 무의식은 계속해서 느와르 영화를 보고 있다. 꿈속에서 나는 느와르 영화에 출연한다. 나는 선셋 대로에서 튀니지산 물담배를 피우는 늙은 여배우가 된다. 나는 비어있는 이 방과 저 방을 돌아다닌다. 나는 보이지 않는 카메라를 향해서 뭔가를 말하지만 그 소리는 나 자신에게도 들리지 않는다.

오래전 베를린에 있을 때 나는 일주일에 한 번씩 담배 자판기에서 프랑스 골루아즈 담배를 한 갑씩 샀다. 아마도 2유로 50이었던 것으로 기억한다. 페렉의 〈잠자는 남자〉도 골루아즈를 피운다. 나는 지금은 아무것도 피우지 않는다. 잠자는 남자는 보통 담배를 제외한 다른 것을 피운다. 간혹 물담배를 피우거나, 시가를 피우기도 한다. 그가 뭔가를 피울 때 나는 가끔 한두 모금을 함께 피운다.

다음 날 아침, 우리는 호텔 조식을 먹지 않는다. 커피를 만들고 전날 사온 멕시코 빵집의 커다란 빵을 썰어 딸기잼을 발라 아침 식사를 한다.

잠자는 남자는 늘 그렇듯이 우리의 아침 식사를 필름에 담는다. 늘 그렇듯이 그는 우리 여행의 모든 것을 필름에 담는다. 잠자는 남자와 함께 여행한다는 것은 잠자는 남자의 무성영화에 출연하는 것이다. 우리는 카메라 앞에서 빵을 자르고 잼을 바른다. 우리가 나누는 대화는 모두 침묵으로 처리된다. 신문이 바스락거리고 포크가 달그락거리고 책의 페이지가 넘어가는 소리도 없다. 멕시코 상점에서 산 커피 가루를 잔에 세 스푼 넣고 뜨거운 물을 그대로 부어 만든 커피를 마신다. 주방에는 커피 머신이 있지만 우리는 일반 머신으로 내린 커피를 좋아하지 않기 때문이다. 컵 속의 커피 가루가 완전히 가라앉도록 몇 분이나 지난 다음에 마시지만, 그래도 고운 커피 입자가 입안으로 흘러들어오는 것을 막을 수 없다. 나는 최대한 느린 속도로 커피를 한 모금씩 마신다. 커피는 지금껏 내가 마셔본 것 중에서 가장 지독한 맛이 난다. 왜 미국의 커피는 다들 이 모양일까. 우리는 우울해진다. 여전히 파라마운트사의 주차장에서는 천둥 같은 화물차의 소음이 간간이 들려온다. 창밖으로는 변함없이 황량하고 메마른 풍경이 펼쳐진다, 거대한 사각형 콘크리트 덩어리들, 뿌연 회색 하늘, 신맛이 느껴지는 공기, 먼지투성이 머리를 수그린 앙상한 야자수, 그리고 24시간 꺼지지 않는, 조급함과 질투심을 종용하는 텔레비전. 그렇다. 이 세계의 도시는 어디나 같으며, 도시가 아닌 곳이라고 하여 특별히 다르지 않다.

또다시 드림 호텔에서의 하루가 흘러간다.

지진

　다음날, 양파와 가지 올리브 오일 볶음과 쌀밥으로 저녁을 먹은 후 우리는 각자의 일에 몰두한다. 나는 침대에 기대앉아서 페렉의 〈잠자는 남자〉를 읽고 있는데, 갑자기 침대가 흔들린다. 누군가 침대를 잡고 마구 흔드는 것 같다. 진동은 몇 초 동안 계속되더니 사그라진다. 창밖으로 보랏빛 구름의 그림자가 기울어진 채 흘러간다. 파라마운트사 주차장의 네온등이 차가운 별처럼 허공에 가만히 떠 있다. 트럭들이 소음을 일으키며 지나간다. 꼼짝 않고 선 야자수의 이파리들은 커다란 손바닥을 허공을 향해 치켜들고 있다. 아무 일도 일어나지 않은 듯이 평범한 저녁이다. 잠자는 남자는 거실에서 콜라주 작업에 열중해 있다. 나는 인터넷으로 한국 뉴스를 살핀다. 잠시 뒤, '엘에이 남쪽 규모 5.1 지진 발생'

이라는 뉴스가 뜬다. 나는 거실로 간다. 잠자는 남자에게 묻는다.

방금 침대가 마구 흔들렸어. 혹시 너도 알았는지.

잠자는 남자는 자신도 흔들림을 느꼈다고 대답한다.

잠자는 남자: 호텔 건물이 너무 낡아서 흔들리는 걸까?

나: 내 생각엔 지진이었던 것 같아. 방금 뉴스도 확인했어.

잠자는 남자: 그렇다면 정말로 지진이었나 보다.

나: 한국에서는 지진을 실제로 겪어본 적이 거의 없는데, 조금 전에 아 이런 것이 지진이로구나 하는 생각이 들었어. 침대가 마구 흔들렸으니까. 내가 한국에서 단 한 번 체험한 지진은 이보다 훨씬 미약한 진동이었어. 당연히 아무도 위험하다고 생각하지도 않았고. 하지만 여긴 달라. 여긴 캘리포니아야. LA에 오기 전에 내셔널 지오그래픽 지를 읽었는데, 미국 서부 지역에 이제 큰 지진이 닥칠 거라는 기사가 났어. 단순한 두려움이 아니라 과학적인 근거를 가진 예측이라고 했어. 샌프란시스코 대지진 같은 그런 큰 지진이 일어날 거라고 해. 이미 오래전부터 그런 예견이 있어왔고.

잠자는 남자: 그렇다면 큰일이군.

나: 정말로 대지진이 올까?

잠자는 남자: 샌프란시스코 대지진이 언제였지?

나: 1906년? 아마 그럴 거야.

잠자는 남자: 그럼 백 년도 넘었군.

나: 나는 지진에 대해서 아무것도 몰라. 예를 들면 지진이 발생할 경우 어떻게 해야 하는지. 어떻게 생각해? 호텔 안에 있으면 안전할까? 설마 호텔 건물이 무너지지는 않겠지?

잠자는 남자: 보통 건물이야 쉽게 무너지지 않겠지만, 여기처럼 가스관이 낡아서 냄새가 진동하는 낡은 건물이라면 문제가 다르지. 아마 살짝만 충격이 와도 와르르 무너질지도 몰라. 설사 무너지지는 않더라도 가스가 누출되는 바람에 화재가 생길 수도 있고.

그렇게 우리의 대화는 끝난다. 잠자는 남자는 다시 콜라주 작업에 몰두하고 나는 심란한 마음으로 침실로 돌아와 다시 페렉의 〈잠자는 남자〉를 펼친다.

그날 밤 잠자는 남자는 월트 휘트먼을 읽는다. 흐릿한 조명을 향해 몸을 최대로 뻗은 자세로.

지진의 밤이 깊어간다.

도시보다는 자연 속에 있을 때가 더 행복하다고 잠자는 남자가 침묵을 깨고 입을 연다. 비록 지금은 베를린에 살고 있지만, 그는 원래 자연의 아이이다.

몇 년 전 그의 고향에서 필름을 만들 당시, 잠자는 남자는 자신이 가장 좋아하는 책상으로 나를 데리고 갔다. 해 질 녘 사방에서 개구리가 미친 듯이 울었다. 나비들은 노란 바탕에 짙은 색 맹수의 눈동자 무늬가 들어간 커다란 날개를 펄럭였다. 잠자는 남자가 가장 좋아하는 책상은 흰 수련이 피어있는 초록색 연못 가장자리에 있었다. 그것은 손수 만든 통나무 책상이다. 연못 안쪽으로 설치된 판자 받침대 위에 통나무 둥치로 다리를 세우고 그 위에 나무를 직접 톱질하여 판판하게 만든 널빤지를 이어붙여 책상 상판을 만들었다. 그리고 같은 통나무로 의자도 만들었다. 잠자는 남자는 그곳에서 가장 행복하게 글을 쓰고 작업을 할 수 있다고 말했다. 낮에는 나비와 잠자리 떼들과 함께. 어두워지면 밤하늘의 별을 올려다보면서. 이 자리에서 자신의 첫 책을 썼다고, 잠자는 남자는 말했다. 여러 가지 의미로 그곳은 그의 고향이었다.

우리는 벌판으로 나왔다. 잠자는 남자는 벌판을 걸어가는 여인들을 찍었다. 그날 밤 나는 아주 느리게 떨어지는 별똥별을 여러 개나 보았다.

내일은 데쓰 밸리로

다음 날 잠자는 남자는 말한다. 내일은 데쓰 밸리로 떠나자. 나는 반사적으로 아쉽다는 생각이 든다. 스스로 이해할 수는 없지만, 나는 이 호텔이 묘하게 마음에 든다. 로비를 지나칠 때마다 입구의 아름답게 장식된 오래된 우편함이 유독 내 눈길을 사로잡는다. 이 호텔의 더러움과 직원들의 태만, 주차공간의 부재, 낡은 시설에 대해서 인터넷에 엄청난 불만의 리뷰를 써 놓은 많은 사람은 아마도 이 로비를 전혀 유심히 보지 않았을 거라고 믿는다. 나는 이 호텔에서 소설을 쓰고 싶다. 아직 줄거리도 주인공도 아무것도 생각해두지 않았지만, 올해 안에 소설을 한 편 쓸 생각인데, 이 호텔을 무대로 하면 어떨까 생각 중이라고, 나는 잠자는 남자에게 말한다.

새로운 소설이라고?

잠자는 남자는 흥미를 보인다. 무엇에 관한 내용이지?

아직 구체적으로 정하지는 않았다, 하지만 아무래도 이번 책은 사랑에 관한 내용이 될 듯하다고 나는 대답한다.

외국의 공항에 도착하여 택시를 타고 서툰 발음으로 행선지를 말하면, 정해진 듯이 거의 똑같은 질문을 받는다. 당신은 이 도시에 무슨 일로 온 겁니까? 출장인가요, 여행인가요? 아니면 유학을 온 건가요? 이곳에 얼마나 머물 예정입니까? 그렇게 오래 머물 예정이라니, 당신은 도대체 무슨 일을 하나요?

그래서 내가 작가라고 대답하면, 그다음에 이어지는 질문도 거의 항상 같다.

작가라면 무엇을 쓰는 작가인가요? 소설을 쓴다구요? 아 대단해요! 그런데 무엇에 관한 소설을 쓰는 거죠?

이 질문에서 나는 항상 대답이 막힌다. 내가 '어떤 것'에 관해 쓰는지 한 번도 구체적으로 의식해본 적이 없기 때문이다. 내가 대답을 즉시 내놓지 못하면 택시 운전사는 재차 묻는다.

당신이 쓰는 건 무엇에 관한 소설이죠? 추리? 스릴러? 역사? 가족? 아동물? 아니면 로맨스?

그럴 때 나는 대개 '도시의 삶에 관해서' 쓴다고 대충 둘러대는 식으로 위기를 모면하곤 한다. 그러면 택시 운전사들은 '무슨 소린지는 잘 모르겠군' 하는 아리송한 표정을 짓는다. 잘 알지 못하는 건 나 자신도 마찬가지다.

하지만 이번 책에 대해서만큼은 나는 분명하게 대답할 수 있으리라. 나는 로맨스 소설을 쓴답니다, 하고.

그러나 우리는 어쨌든 데쓰 밸리로 떠나야 한다. 사막 촬영을 해야 하기 때문이다. 하지만 사막에서 돌아오면 다시 이 호텔에서 LA에서의 나머지 여정을 마치기로 한다.

잠자는 남자는 호텔 사무실에 들러 내일의 체크 아웃과 날짜는 확실하지 않지만 다시 돌아올 날의 예약에 관해 직원과 이야기를 나눈다. 오늘 접수계를 맡은 직원은 캔디스라고 하는 풍만한 몸집의 흑인 여자다. 캔디스는 무척이나 친절하고, 그녀의 조언은 이방인인 우리에게 많은 도움이 된다. 그녀는 인근의 한 렌터카 회사를 추천해주고 그곳에 전화를 걸어 내일 그들이 우리를 픽업하러 오도록 약속을 정하다 그리고 데쓰 밸리에서 촬영을 하더라도 숙소는 가능하면 라스베가스로 정하라고 충고한다. 라스베가스의 호텔이 싸기 때문이다. 약간 저렴한 정도가 아니라 고급 호텔인데도 엄청나게 싸다. 그렇지만 대부분의 미국인과 마찬가지로 캔디스는 수다스럽다. 말이 엄청나게 많고, 도무지 그칠 줄을 모른다. 그녀의 말은 중간중간 전화가 걸려와서 그것을 받아야 할 때 잠시 중단될 뿐이다. 하지만 한창 대화에 열이 오른 캔디스는 수화기를 들고, 잠시만 기다려주세요, 하고 말한 다음에, 수화기를 옆에 내려놓고는 또다시 기나긴 이야기를 이어나간다. 걸려온 전화 따위는 잊어버리거나 아니면 아예 신경 쓰지 않는 듯하다. 아마도 호텔 예약에 대해서 문의하려고 전화를 걸었을 상대방은 몇 분 후 지쳐서 먼저 전화를 끊어버린다. 나 역시 잠자는 남자와 캔디스의 대화가 언제 끝날지 알 수 없으므로, 먼저 방으로 올라온다. 혼자 있는 시간을 이용해 나는 일기를 쓴다.

나는 드물게 일기를 쓴다. 특별한 일이 있었던 날만 일기를 쓰기 때문이다. 그리고 나에게 특별한 일이란 인상적인 꿈, 그리고 여행이다.

그래서 내 일기는 대개 이 두 가지 사건을 중심으로 이루어진다. 오랫동안 특별한 꿈을 꾸지 않거나 여행을 떠나지 않을 경우, 내 일기는 한동안 공백으로 남는다. 안타깝게도 나는 열심히 메모하는 부지런한 작가가 아니다. 오직 일기를 쓸 때만 나는 머릿속에 떠오르는 것을 일기 형식으로 함께 메모한다. 그래서 일기는 나에게 꿈 일기이자 여행 일기이고 동시에 작가의 창작 일기이기도 하다.

일기를 쓰지 않는 시간 동안 나는 직업과 관련된 글을 쓰면서 보낸다.

소설을 쓰거나 번역을 한다. 그런 글은 나만을 위한 글이 아니다. 그럴 때 나는 무목적적인 꿈이나 여행을 거의 잊은 듯하다. 그러나 일기를 쓰는 특별한 날이 오면, 갑자기 무엇인가가 달라진다. 잠의 성분이 바뀐다. 내 잠으로 무엇인가가 침투한다. 내 잠은 들뜬다. 내 잠은 술렁거린다. 나는 여행 가방을 싼다. 늘 그렇듯이 나는 완벽하게 성공하지 못한다. 나는 여행지로 간다. 여행지에서 나는 아무것도 보지 못한다. 아무것도 하지 않는다. 오직 잠을 찾아가는 사람처럼 잠의 나라를 여행한다. 오직 가만히 기다리는 일에만 열중한다. 기다리지 않으면서 기다리고, 열중하지 않는 방식으로 열중한다. 여행지에서 내가 가장 먼저 쓰는 글은 일기이다. 그것은 나만을 위한 글이다. 나 이외에는 아무도 읽지 않을 글이다. 그것이 내 여행이다. 그럴 때 나는, 잠자는 남자와 함께 있게 된다.

우리는 정말로 잠을 찾아가는 여행을 한 적이 있다. 2012년 여름, 잠자는 남자와 나는 슬리핑백을 들고 북독일 란스도르프로 갔다. 그곳 거인의 무덤Hünengrab이라 불리는 선사시대 매장지 근처 들판에서 밤을 촬영하고 하룻밤 노숙을 하기 위해서였다.

어둠이 내릴 무렵 우리는 떡갈나무 장작으로 불을 피웠다.

밤이 깊어지자 차갑고 창백한 청회색 빛 속에서 나무들과 언덕들, 키 큰 풀들과 덤불이 술렁이며 움직이는 소리가 들렸다. 그림자들의 테두리가 무서울 만큼 크고 선명해졌다. 그러나 정작 밤을 불러오는 것은 으스스한 숲의 유령들이 아니었다. 아무것도 없이 탁 트인 들판을 장악한 신비하고 불길한 색채의 어둠이 있었다. 그 어둠이 유난히 짙은 허공의 한가운데로부터 살아 움직이는 짐승처럼 꿈틀거리며 우리에게 다가왔다. 거미처럼 긴 다리를 우리에게 뻗었다. 그렇게 밤은 우리의 잠으로 밀려 들어왔다. 고개를 기묘하게 수그린 검은 개처럼. 그것이 우리의 꿈이 되었다.

떡갈나무 장작은 타닥거리며 아주 오랫동안 탔다. 새벽 세시쯤에는 가늘게 비가 내렸고 비는 한두 시간 동안 계속되었다. 우리는 슬리핑백과 짐을 모두 들고 사냥꾼을 위해 지어놓은 판자 움막 지붕 아래로 잠자리를 옮겼다. 사냥철이었다. 곳곳에 사냥꾼의 감시 초소가 서 있었다. 그리고 밤에는 총소리가 울리기도 했다. 우리는 제발 사냥꾼이 어둠 속 들판 한가운데서 왔다 갔다 하는 우리의 검은 그림자를 곰으로 오인하지 말기를 바랐다.

날이 밝고 내가 잠에서 깨어났을 때 내 눈에 가장 먼저 들어온 것은 축축한 들판 가운데 서 있는 커다란 갈색 들토끼였다. 그 토끼가 원통형 모자를 쓰고 커다란 시계를 들고 있었다고 해도 나는 놀라지 않았으리라. 토끼는 아주 긴 다리로 빠르게 달려갔다.

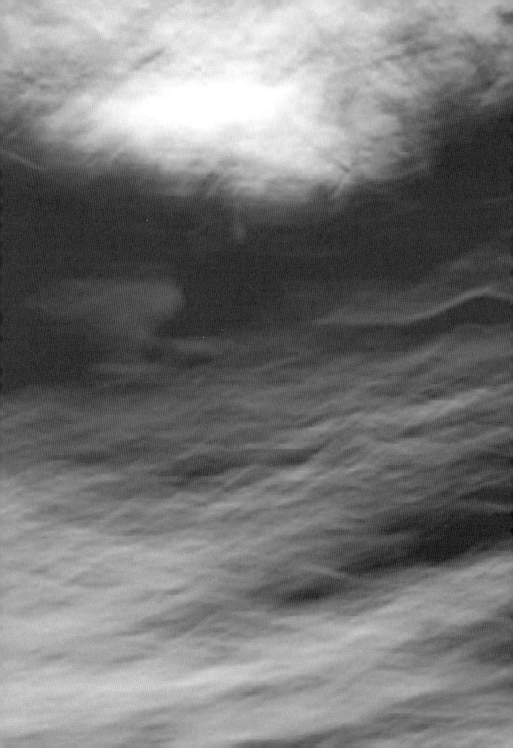

여행지의 아침 식사

우리가 LA에 도착한 다음 날, 트래블롯지 호텔에서 가진 미국식 염가
호텔의 아침 식사는 살짝 충격적이다. 한 손에는 내비게이션이 작동하
는 스마트폰을 들고, 다른 한 손으로는 핸들을 돌리며 운전하던 중국인
택시 운전사 다음으로 미국에서 받은 두 번째 문화 충격이다. 비닐에 포
장된 빵, 설탕 범벅 도넛, 멀건 커피, 말라빠진 베이글 등이 기차의 객실
처럼 좁고 기다란 식당에 차려져 있다. 끈적끈적한 의자와 알록달록한
방수 식탁보. 식사를 마친 사람들이 식탁을 떠나면 그 자리에는 일회용
접시와 비닐봉지, 일회용 종이컵, 일회용 포크와 나이프가 산더미처럼
남는다.

들척지근하고 뜨끈한 공기가 아침 식사 식당의 좁은 공간을 더욱

끈적거리게 만든다. 투숙객은 주로 젊은 여행자들인데, 먹는 일에 너무 많은 정성과 긴 시간을 투자하지 않겠다는 태도들이 역력하다. 식당 분위기는 허겁지겁 음식물을 집어삼킨 사람들이 손에 샌드위치 봉지를 든 채 입속의 음식물을 우물거리면서 기차를 타기 위해 빠져나가는, 서서 먹는 역 대합실의 간이식당을 연상시킨다.

아침 식사의 내용은 할리우드 드림 호텔에서도 전혀 다르지 않다. 비닐에 포장된 빵은 트래블롯지 호텔에서와 똑같은 종류이다. 이곳은 식사를 하는 다른 투숙객들의 모습 자체가 보이지 않는다. 다들 아침을 거르거나, 아니면 밖에 나가서 사 먹거나 혹은 우리처럼 먹을 것을 갖고 가서 방에서 식사를 하는 것이다. 아침 식사를 하는 식당은 창문 하나 없이 음침하고 빵들은 그늘 속 플라스틱 덮개 아래 희미하게 놓였으며 커피는 정체를 알 수 없이 흐릿하다.

이것은 빵이나 커피에 관한 이야기가 아니다. 집이 아닌 여행지에서의 아침 식사, 그것에 관한 이야기이다.

잠자는 남자와 내가 여행지에서 특히 좋아하는 것은 아침 식사이다. 어떤 의미에서 본격적인 여행은 여행지에서의 아침 식사와 함께 시작된다고 말할 수 있다. 잠자는 남자와 내가 아침 식사를 함께 하고 있다면 그것은 곧 우리가 여행을 떠나왔다는 말과 동의어이고, 대개의 경우 도착 다음 날의 아침 식사가 여행지에서 함께 하는 첫 번째 식사이다. 우리가 함께 '여행을 한다'는 것은 '낯선 장소에서 함께 아침 식사를 한다'

는 것과 같은 의미이다.

　여행지에서의 아침 식사는 일상에서의 아침 식사와는 좀 다른 그 무엇이다. 거기에는 여러 가지 특징이 있다. 그중 하나는 느림이다. 여행지에서의 아침 식사가 일상의 아침 식사보다 더욱 느리게 이루어지는 이유는 아마도 우리가 처음부터 하나하나 그 과정을 즐기고 있으며, 과정을 향유하려는 욕망이 커서 무의식중에 진행을 더더욱 느리게 하고 있기 때문일지도 모른다.

　여행지의 아침 식사는 느림뿐 아니라 다른 여러 가지 특징을 가진다. 그중 하나는 햇빛이다. 그중 하나는 은밀함이고 그중 하나는 고요한 들뜸이고 그중 하나는 벗어남이다. 그중 하나는 낯섦이고 그중 하나는 단지 막연할 뿐일 어떤 느낌이다. 우리는 그 느낌을 무엇으로 불러야 할지 알지 못한다.

　여행지에서의 첫날 아침, 하룻밤 사이 일상의 아침으로부터 수천 킬로나 아득히 멀리 떨어져 나온 우리는, 일상과는 완전히 반대의 것, 꿈으로 진행하는 비현실성의 동력으로 충만한 채 식탁에 앉는다. 만약 날씨가 좋다면 우리는 무조건 야외의 테이블을 선호한다. 시차의 영향 때문에 우리는 여전히 절반쯤 몽롱하다. 우리가 거쳐온 여행지의 모든 첫번째 아침은 잠과 꿈으로부터 완전히 분리되지 않는다. 주방의 음식들을 야외 테이블로 옮긴다. 빵 바구니에서 빵을 꺼내고 버터, 꿀과 딸기잼을 테이블로 옮긴다. 가스를 사용할 수 있다면 스크램블드에그를 만든다.

냉장고에서 과일을 꺼낸다. 그리고 진한 커피를 만든다. 우유와 소금 단지를 보리수나무 아래 테이블로 옮긴다. 아침 식사를 하면서 읽을 책과 신문을 가져온다. 둥그런 빵과 브레첼을 접시에 담는다. 둥그런 빵을 반으로 자른다. 브레첼을 반으로 자른다. 빵과 브레첼에 버터를 펴 바른다. 커피에 우유를 탄다. 햇빛이 쏟아진다. 검은 지빠귀들이 운다.

간혹 우리는, 주변에 장을 볼만한 식품점이 전혀 없는 곳으로 촬영여행을 가기도 한다. 그런 경우에는 먹을 것을 미리 챙겨가야 한다. 우리는 베를린을 빠져나가기 전 슈퍼마켓에 들러 빵과 커피와 치즈 버터 사과 요구르트 미네랄워터 등을 사서 차에 싣는다. 촬영 장소는 베를린 근교 숲과 호수 언저리에 있는 작은 별장이다. 별장에 도착하면, 우선 무쇠 자물쇠로 잠긴 이중문을 열고 집안에 있는 의자와 식탁, 일광욕 소파 등을 모두 바깥 발코니로 꺼내놓는다. 커다란 황금색 붓다 상도 꺼내서 발코니 오른쪽 난간 위에 세워둔다. 이 붓다 상은 잠자는 남자가 베를린의 한 아시아 고물상에서 산 물건이다. 그는 똑같은 붓다를 두 개 사서 한 개는 지금 네팔에서 살고 있는 가장 친한 친구 프란츠에게 선물했다.

모든 준비가 끝나면 우리는 아직 저물지 않은 저녁 햇살을 받으며 여행지에서의 첫 번째 식사를 한다. 여행지에서의 식사는 늘 그렇듯이 느리고, 햇빛으로 환하고, 은밀하고, 수줍고, 낯설고, 그리고 막연한 들뜸이 있다. 우리는 그것이 좋다. 우리는 그것을 사랑한다. 발코니 난간에

선 붓다가 우리를 내려다본다. 식탁에는 붉은 방수천을 덮는다. 천이 바람에 날리지 않도록 식탁 위에 무거운 돌을 몇 개 얹어둔다. 껍질이 딱딱한 빵을 썬다. 치즈를 올리고 버터와 꿀을 바른다. 에스프레소 주전자를 불에 올리고 두 잔의 커피를 만든다. 물잔과 물병 이외에도 항상 손이 닿는 곳에 있어야 하는 책과 노트북, 선글라스, 자외선 차단 스프레이, 피부에 바르는 해충 방지제, 타월 등의 일상용품도 모두 식탁 위에 두거나 의자에 걸쳐둔다. 별장에 있을 때 우리는 대부분의 시간을 야외 발코니에서 보내기 때문이다. 그리고 당연히 카메라가 있다. 우리가 있는 곳 어디나 항상 카메라는 우리를 촬영한다.

우리는 도시 생활을 잊고 인적 없는 고요한 분위기에 온전히 잠긴 채, 오직 두 사람이 함께 글과 필름으로 작업하기 위해서 그곳으로 간다. 그래서 차를 몰고 읍내의 식당으로는 가서 밥을 먹는 일 따위는 없다. 머무는 내내 가져온 식료품만으로 식사를 해결한다. 오직 촬영과 독서, 그리고 글쓰기에만 최대로 집중하기 위해 무엇을 먹을까 메뉴를 궁리하지도 않고 번거롭게 음식을 조리하지도 않는다. 오직 빵과 사과 그리고 약간의 스파게티 국수와 통조림 소스, 커피만으로 일주일을 보낸 적도 있다. 식사를 마친 뒤 우리는 온몸에 자외선 차단 스프레이를 뿌린다. 잠자는 남자는 집안에서 두 개의 밀짚모자를 가져온다. 우리는 밀짚모자를 쓰고 일광욕 의자에 누워 일광욕을 한다. 뜨겁고 고요한 저녁이 온다.

거의 대부분 딱딱한 빵과 커피만으로 지낸다고 해도, 별장에서의 일주일은 풍요롭다. 매일 그 어떤 방해도 없이 작업과 독서에, 일광욕에 몰두할 수 있기 때문이다. 저녁이면 거실 벽을 스크린으로 활용하여 영화를 보고 매일 밤 정원에 모닥불을 피운다. 잠자는 남자는 불을 촬영한다. 그는 오랫동안 불과 그것의 효과를 카메라에 담는 일에 몰두해왔다. 우리는 우리를 우리 자신이게 해 주는 일에 온전히 집중하며 시간을 보낸다.

하지만 우리의 모든 여행이, 여행지의 모든 아침 식사가 반드시 느긋하고 이상적인 것만은 아니다. 어떤 여행은 매일 불편한 싸구려 호텔을 옮겨 다녀야만 하고, 드물긴 하지만 이 도시 저 도시에서 사람을 만날 약속이 있는 경우도 있다. 우리는 엉거주춤한 상태로, 마치 세일즈맨처럼 단지 이동의 편의만을 고려한 길가의 삭막한 호텔에서 묵는 일도 있다. 호텔이 아침 식사를 제공하지 않거나 호텔 식사가 마음에 들지 않으면 낯선 도시의 낯선 슈퍼마켓에서 사온 음식으로 간소한 아침 식사를 한다. 프랑스 브르타뉴 지방을 여행할 때 브레스트의 한 호텔에서, 우리는 한 개의 바게트와 한 통의 까망베르 치즈, 약간의 포도와 요구르트 그리고 한 병의 와인으로 꼬박 이틀을 보낸다.

그런가 하면 스페인에서 프랑스로 넘어오는 국경 도시 산세바스티안, 열차 시간에 임박하여 역 근처에 도착한 우리는 적당한 식당을 발견하지

못하다가 우연히 한 바스크 식당에 들어가게 되고, 그곳에서 커다란 도자기 잔에 나온 붉은 포도주와 바게트로 아침 식사를 한다. 식당의 벽면은 오래된 사진으로 아름답게 장식되어 있다. 투박하고 커다란 주전자 모양의 도자기 잔에는 아주 새빨간 포도주가 가득하다. 오전부터 포도주를 마신 우리는 프랑스로 넘어가는 국경 열차에서 서로의 어깨에 기댄 채 잠이 든다.

그런 모든 여행지의 아침 식사와 비교하면 LA에서의 아침 식사는 처음부터 당혹스러운 것이다. 우리는 2년 전 샌프란시스코에서도 매일 호텔 인근의 카페 트리스테로 가서 우유 거품을 얹은 근사한 에스프레소와 빵으로 아침을 먹었다. 샌프란시스코에서 우리는 거의 모든 장소를 걸어서 다녔다. 그러나 LA는 모든 것이 너무 크고, 너무 광활하고, 너무 멀찍이 떨어져 있으며, 너무 희박하다. 우리가 호텔에서 걸어서 갈 수 있는 곳이라고는 선셋 대로가 고작이다. 우리가 생각하는 그런 아침 식사, 여행지의 아침 식사를 할 만한 카페를 발견하지는 못한다.

우리는 거의 매일 저녁 타이 레스토랑으로 가서 달콤한 볶음 국수를 주문한다.

호텔에서 좀 멀리 떨어진 곳으로 가보고 싶은 우리는 근처 버스 정류장을 발견하고 버스를 탄다. 버스 운전사는 덩치가 무척 큰 흑인 여자인데, 우리가 버스 요금을 내려고 하자 잠자는 남자를 흘낏 보더니 "나이가

예순두 살 이상인가요?" 하고 묻는다. 우리는 그녀의 의도를 이해하지 못하고 어리둥절해 한다.

버스는 직선으로 이어진 도로를, 방향을 트는 법도 없이 계속해서 앞으로 간다. 이러다가 뉴욕까지 가 버리는 것이 아닐까 생각이 든다. 상점과 번화가가 나오자 우리는 버스에서 내린다. 그곳은 부티크들의 거리이다. 우리는 호기심에 겨워 행인이 거의 없는, 투명한 황금색 햇빛이 부티크 진열장의 유리에 반사되어 번쩍이는 거리를 돌아다닌다. 우리는 아무것도 보지 않는다. 우리는 아무도 만나지 않는다. 이 도시를 걸으며 방황하는 여행자들은 우리뿐이다.

다음날, 같은 정류장에서 반 시간을 기다렸으나 버스는 오지 않는다. 전날과는 달리 버스를 기다리는 사람도 전혀 없다. 이 도시에서는 특정한 요일에는 버스 운전사들이 파업을 하는 것일까? 지도를 보고 지하철역을 찾아가려 했으나 아무리 걸어도 지하철역은 나오지 않는다. 지도에 의하면 단 두 블록을 걸어가면 되는 거리지만, 그렇게 기나긴 블록을 우리는 처음 본다. 하나의 블록은 영원히 끝나지 않는다. 하나의 거리는 영원히 끝나지 않는다. 이곳은 이상한 마법사의 대륙 오즈이며 우리는 회오리바람을 타고 우연히 날아 들어온 서툰 외국인에 불과하다.

우리는 지진이 다시 찾아올까 두려워하면서 희미한 가스 냄새가 떠도는 호텔에서 지진에 대한 이야기를 나눈다. 그러나 한편 LA에서 지진을 겪었다는 사실이 우리를 남몰래 흥분시킨다.

우리는 LA에서 아무것도 보지 않는다. LA에서 아무것도 하지 않는다. 할 수 있는 일도 많지 않다. 단지 우리는 매일 저녁 선셋 대로로 산책을 나갈 뿐이다. 눈동자에 컬러 렌즈를 착용한 짧은 반바지 차림의 여자 종업원이 있는 타이 레스토랑에서 설탕이 듬뿍 들어간 볶음 국수와 칭타오 맥주, 그리고 물담배를 주문한다. 맥주를 마시면서 잠자는 남자는 월트 휘트먼을 읽는다.

Ich trage meinen Hut, wies mir gefällt, drinnen und
draußen.

Warum sollte ich beten? Warum verehren und feierlich
sein?

Da ich die Erdschichten durchspäht und bis aufs Haar unter-
sucht und mit Gelehrten beraten und peinlich berechnet
habe,
Finde ich doch kein süßeres Fett als an meinen eigenen
Knochen klebt.

In allen Menschen seh ich mich selbst, keiner mehr und
keiner ein Gerstenkorn weniger,
Und das Gute und Schlechte, das ich von mir sage, sage ich
auch von ihnen.
Ich weiß, ich bin fest und gesund,
Zu mir strömen von allen Seiten die Dinge des Weltalls un-
aufhörlich,
Alle sind sie an mich geschrieben und ich muß die Schrift
entziffern.

Ich weiß, ich bin todlos,
Ich weiß, daß dieser mein Kreis von keines Zimmermanns
Zirkel umspannt wird,
Ich weiß, ich kann nicht vergehn wie ein Feuerreif, den ein
Kind mit brennendem Stecken durch die Nacht schlägt.

Ich weiß, ich bin erhaben,
Ich quäle meinen Geist nicht damit, sich selber zu rechtferti-
gen oder verständlich zu machen,
Ich sehe, daß die Urgesetze sich niemals entschuldigen.

데쓰 밸리

다음 날 아침, 커피를 마신 후 잠자는 남자와 나는 여행 가방을 싸고 체크아웃을 한다. 로비에서 잠시 기다리자 렌터카 사무실에서 픽업을 온다. 우리는 그 차를 타고 인근의 렌터카 사무실로 간다. 렌터카 사무실은 차로 겨우 5분 거리이다. 잠자는 남자가 사무실에서 렌터카 대여 수속을 하는 동안 나는 밖에서 기다린다. 한참 만에 나온 잠자는 남자는 아주 낭패스러운 표정이다. 미국의 렌터카는 유럽과는 달리 내비게이션을 따로 빌려주지 않는다고 한다. 그러므로 우리는 이 근처 상점으로 가서 내비게이션을 구입해야 한다는 것이다. 우리는 여행 가방을 차 트렁크에 싣고 렌터카 직원이 알려준 인근의 내비게이션 상점으로 간다. 그리고 직원이 먼저 온 손님과의 상담을 끝낼 때까지 삼십 분 이상 기다려서,

간신히 250달러나 하는 내비게이션을 살수가 있다. 잠자는 남자는 이미 집에 이런 식으로 구입한 내비게이션이 서너 개나 있는데 또다시 구입을 하게 되었으므로 불만스럽다. 기계사용이 매우 서툰 잠자는 남자는 상점의 판매원 소녀로부터 내비게이션 작동법 설명을 듣는다. 소녀는 요즘은 스마트폰의 내비게이션 기능을 사용할 수 있는데 무엇 때문에 굳이 새 기기를 사야 하느냐고 의아해 한다. 잠자는 남자와 나는 스마트폰이 없다. 우리는 심지어 스마트폰의 그런 기능에 대해서 아예 모르고 있다. 소녀 앞에서 우리는 침묵한다.

이제 운전은 내 몫이다. 시동을 켜려고 하는데 키가 꽂혀 있지 않으므로 나는 당황한다. 버튼식 차를 한 번도 본 적이 없기 때문이다. 우리는 여러 번 시동 버튼을 눌러 보면서 차를 시험한다. 내비게이션을 차에 장착하고 언어를 독일어로 선택한다. 우리의 일차 목적지는 데쓰 밸리의 '단테스 뷰'이다. 그러나 그 장소를 내비게이션에 어떻게 입력해야 하는지 알 수 없다. 단테스 뷰 라는 지명은 나오지 않고 그곳의 주소를 우리는 모른다. 한참을 헛되이 시도한 후에 우리는 할 수 없이 데쓰 밸리 국립공원 비지터 센터를 목적지로 입력한다. 잠자는 남자는 카메라를 꺼내 본격적으로 촬영을 준비한다. 잠자는 남자가 나에게 국제 운전면허증을 갖고 있느냐고 묻는다. 그제야 나는 한국에서 국제면허증을 챙겨오지 않은 것이 생각난다. 우리는 둘 다 당황한다. 하지만 달리 방법이 없다. 잠자는 남자는 달리는 자동차 안에서 촬영을 해야 하고,

그러자면 내가 운전을 할 수밖에 없다. 절대로, 무슨 일이 있어도, 교통 규칙을 어기면 안 되고 과속도 하면 안 되고 고속도로 패트롤의 주의를 끌만한 그 어떤 행동도 하면 안 된다고 잠자는 남자가 주의를 준다. 그런 약간의 소동 뒤 우리는 출발한다. 시내를 벗어난 직후 고속도로에서 운 좋게 스타벅스를 발견한 우리는 환호하며 차를 세우고 커피를 사기로 한다. 나는 더블샷 카페라테 큰 사이즈를, 그리고 잠자는 남자는 카푸치노를 마신다.

아무래도 캔디스가 날 좋아하는 것 같아, 하고 잠자는 남자는 진지한 표정으로 말을 꺼낸다.

어제 그녀는 좀처럼 말을 끝내려고 하질 않는 거야. 그리고 얼마나 친절하게 세세한 정보까지 가르쳐 주는지, 그건 호텔 직원의 일반적인 서비스가 아니었어.

나는 웃음을 터트린다.

우리는 웃는다.

우리는 웃는 것을 좋아한다. 우리는 함께 있으면 자주 웃는다. 잠자는 남자는 웃으면서도 자신의 주장을 굽히지 않는다. 자신이 종종 여자들의 호감을 불러일으킨다는 것이다. 원래 남자들이 마음속으로 다들 그렇게 생각하는 것인지, 나는 알지 못한다. 나는 잠자는 남자에게, 우리가 며칠 전 LA 시내버스를 탔을 때 흑인 여자 운전사가 그에게 예순두 살이 넘었느냐고 물었던 사실을 부드럽게 상기시킨다. 당시 우리는 그 질문의 의도를 몰랐으나 나중에 생각해보니 아마도 LA 버스는 예순두 살이상의 노인들에게 버스비를 할인해주기 때문인 듯하다.

우리는 다시 웃음을 터트린다. 그러나 나는 잠자는 남자가 예순두 살로는 보이지 않는다는 것을 끝내 확신해주어야 한다.

하지만 그는 팔 년 뒤에는 예순두 살이 될 것이다. 우리 모두는 예외 없이 언젠가 예순두 살이 된다. 혹은 영원히 예순 두 살이 되지 못한다.

사막의 길이 본격적으로 시작되기 전까지, 우리는 내가 쓰려고 하는 로맨스 소설에 대해서 가볍게 이야기를 나눈다. 나는 아무것도 생각해 둔 것은 없지만 어쨌든 그것은 로맨스 소설이 될 것이라고 주장한다. 우리가 지금 LA를 여행 중이니 그 소설의 무대는 LA가 되어야 마땅하다는 것이 잠자는 남자의 의견이다. 어쩌면 주인공들은 데쓰 밸리로 여행을 떠날지도 모른다. 그러나 나는 더 이상 구체적으로 이야기를 진행시킬 수가 없다. 남자 주인공의 이름을 정하지 못했기 때문이다. 사실 나는 이미 오랫동안 남자주인공의 이름을 생각하고 있었으나, 결정을 내리지는 못했다. 어쩌면 나는 망설이고 있는 것일지도 모른다. 완벽한이름을 가진 남자 주인공은 여자 주인공의 심상에 투영된 거울상 같은 존재로 머물지 않고 독립된 인격체로 탄생하여, 소설에 종속된 사랑이 아닌 그 자신의 사랑을 펼칠 것 같기 때문이다. 그러면 아마도 불화가 탄생하리라. 그래서 나는 늘 남자 주인공의 이름을 K와 같은 이니셜이나 어떤 별명으로 부르기를 좋아했다.

우리는 다시 고속도로 휴게소에 들러, 샌드위치와 물을 산다. 나는 서브웨이 샌드위치를 좋아하지 않는데 이곳은 가장 흔하게 눈에 띄는 것이 그나마 서브웨이뿐이다. 잠자는 남자는 컨추리 음반을 산다. 행크 윌리엄스. 우리는 메시지 투 마이 마더Message to my mother를 반복해서 듣는다.

우리가 미처 알아차리지 못하는 사이, 우리는 이미 사막 안에 있다.

길 위에는 아무것도 없다. 우리는 혼자다.

우리는 차를 세우고, 빛을 테스트해 보기 위해서 일단 시험 촬영을 한다. 햇빛이 강하고, 바람이 무섭게 분다. 모자를 쓰지 않은 내 머리카락이 날려 얼굴을 가린다. 나는 온몸이 떨린다.

모하비 사막 안쪽으로 들어서자, 도로는 완전히 텅 비어있다. 길은 하염없이 직선으로 이어진다. 그것은 우리가 경험해보지 못한 하염없음이고 우리가 경험해보지 못한 이어짐이다. 그 어떤 장애물도 없는 공간을

향해 달려간다. 그러자 땅과 허공의 구분이 점차 사라지면서, 마치 잠 속에서 하늘을 날고 있는 것과 비슷한 기분이 든다. 먼 곳을 보아도, 가까운 곳을 보아도, 대기는 흐릿한 아지랑이로 흔들릴 뿐 거리의 지표가 될 만한 원근법도 색채의 농담도 갈수록 희박해진다. 길은 환각의 아지랑이 속에서 스스로 확장되고 늘어난다. 그러므로 수치적인 거리는 이 곳에서 별 의미가 없다는 느낌이 든다. 우리의 감각은 혼동을 일으킨다. 우리의 감각은 혼동에 적응해 버린다. 나는 갈수록 아지랑이에 어울리고, 나는 갈수록 길에 무관심해진다. 우리들의 눈앞에는 영원히 다가오지 않는 낮은 산맥이 흙빛으로 펼쳐지고, 길가에는 모래와 자갈의 메마른 땅에 먼지투성이 덤불이 스쳐 지나간다. 간혹 초록빛 표지판이 나오는 어떤 지점에서 우리는 차를 세우고, 잠자는 남자는 촬영을 한다. 휴게소에서 산 샌드위치와 물을 마신다.

사막 안쪽으로 들어오자 내비게이션에는 단테스 뷰가 잡힌다. 우리는 좁고 가파른 언덕을 올라 단테스 뷰에 다다른다. 미친 듯한 바람이 휘몰아친다. 굽이치는 회색빛 산줄기와 넓은 계곡이 내려다보인다. 우리는 온몸으로 바람을 맞으며 더 높은 봉우리로 올라가 촬영을 시도한다.

바위 사이에 몸을 낮게 엎드리고 피어있는 이름 모를 야생화들을 발견한다. 그것은 내가 몽골 알타이에서 보았던 꽃들을 기억나게 한다.

아마고사 오페라 하우스 호텔

해가 저물어 간다. 잠자는 남자는 빛과 어둠이 공존하는 이 시간대를 가장 좋아한다. 그는 내가 거기에 있다는 사실조차 잊고서 촬영에 열중한다. 그가 빛과 어둠에 가장 깊이 탐닉하는 이 순간 나는 그를 도울 수 없다. 잠자는 남자는 자신의 감각에 충실하게 촬영하기 때문이다. 우리는 오늘 라스베가스로 가지 않고 데쓰 밸리 인근에서 숙소를 찾아보기로 한다. 내일 하루 더 사막 촬영을 하고 싶기 때문이다. 우리는 너무 많이 어두워지기 전에 내려가서 숙소를 찾아야 한다.

단테스 뷰로 오기 전 고속도로 합류 지점에서 호텔을 하나 본 것 같다고 잠자는 남자는 말한다. 나는 호텔 간판을 보지 못했다. 하지만 그 호텔은 간판이 따로 있는 건 아니었어, 하고 잠자는 남자는 분명히 확신

하지는 못하지만 그래도 상당히 가능성이 있다는 어조로 말한다. 우리는 데쓰 밸리 입구 고속도로 합류 지점까지 가 보기로 한다.

잠자는 남자는 할리우드 느와르를 좋아한다. 그 이유는 드라마틱한 스토리 때문이기도 하지만 그에게 가장 중요한 빛과 어둠의 효과가 강렬하기 때문이다.

그런데 그 빛과 어둠의 효과를 할리우드로 가져간 최초의 사람들은 다름 아닌 독일 표현주의 무성영화 예술가들이었다고, 잠자는 남자는 설명한다.

독일의 영화가 할리우드에 영향을 미쳤다는 잠자는 남자의 말은 빌리 와일더가 베를린 사람이라는 말처럼 생소하다. 그때까지 나는 '표현주의'란 용어를 미술사와, 그리고 쇤베르크나 스크리야빈 같은 음악가들과만 연결시킬 줄 알았다.

독일 표현주의를 좋아해? 하고 잠자는 남자는 어느 날 베를린에서 내게 물었다.

에드와르 뭉크. 키르쉬너. 에밀 놀데. 그리고 청기사파. 당시 더 이상의 이름은 나에게 떠오르지 않았다.

그로피우스 박물관에서 에밀 놀데 전시회가 있었다. 우리는 전시회에 갔고, 그때 나는 잠자는 남자가 독일 표현주의 미술의 열광자라는 사실을 알았다. 하지만 나는 에밀 놀데의 그림에 쉽게 열광할 수는 없었다. 그 이후 다른 박물관에서 오토 뮐러의 그림들을 보았는데, 나는 놀데

보다는 오토 뮐러의 그림이 더 좋았다. 하지만 오토 뮐러보다는 조르주 데 키리코가, 엘 그레코가, 막스 에른스트가 물론 더 좋았다.

빌리 와일더의 영화 〈선셋 대로〉에 집사로 출연한 슈트로하임은 실제 무성영화시대의 유명 배우이자 감독이었는데, 그 역시 오스트리아 출신이야.

난 〈선셋 대로〉 영화를 보지 않아서 그를 몰라.

무성영화를 아는 사람이라면 그 이름을 잊을 수 없지. 슈트로하임은 실제로 지금 우리가 있는 이곳 데쓰 밸리 소금사막에서 영화의 유명한 라스트 신을 촬영하기도 했어.

무슨 영화였는데?

〈욕망〉.

나는 해가 저물어가는 황량한 사막 풍경을 내다본다. 어떤 사물도 없이, 어떤 색채도 없이, 오직 '소멸해가는 현상' 그 자체로 보이는 데쓰 밸리와 욕망의 콘트라스트.

그러나 인간에게 그 어떤 욕망도 없다면, 인간은 무엇으로 인해 인간일 것인가. 욕망이 거세된 인간과 한밤의 데쓰 밸리를 어떻게 구분할 수 있을까.

그래서 슈트로하임이 영화 〈선셋 대로〉에 무성영화시대 히로인의 집사로 출연했을 때 무성영화의 팬들은 더더욱 큰 향수에 젖을 수밖에.

잠자는 남자는 계속해서 말한다.

대화를 나누는 사이 해가 완전히 진다. 나는 밤 운전에 자신이 없지만, 오가는 차가 한 대도 보이지 않는 데쓰 밸리에서라면 밤에도 별문제 없이 운전할 수 있다. 데쓰 밸리 교차로에 도달할 무렵 사위는 완전히 깜깜해지고, 사막 저 멀리 시에라네바다 산맥의 그림자는 더욱 짙어진다. 야간 시력이 좋지 않은 나는 아무것도 보지 못한다. 그러나 어느 순간 잠자는 남자가 차를 세우라고 말한다. 거짓말처럼 우리는 불이 밝혀진 건물 앞으로 진입한다. 건물의 앞마당은 담장이 없이 개방된 형태이고, 포장되어 있지 않다.

나는 여전히 아무것도 보이지 않는다. 마치 50년대 느와르 영화에 나올 듯한 밤이다. 잠시 후 길죽한 주랑이 늘어선 한 건물의 윤곽이 눈에 들어온다. 주랑에는 불이 밝혀져 있으나 그 밖의 모든 세상은 빛 한점 없다. 불을 밝힌 간판 따위는 어디에도 없다. 잠자는 남자는 이곳이 호텔이란 것을 어떻게 알았을까? 잠자는 남자는 차에서 내려 어둠 속으로 걸어간다. 나는 여전히 이곳이 호텔이란 사실을 믿지 못하고 있다. 주랑을 따라서 아마도 객실인 듯한 문들이 늘어서 있고, 문 앞에는 철제 테이블과 의자가 보인다. 잠자는 남자는 짙은 어둠 속으로 완전히 빨려 들어가

버렸다. 나는 그가 사라진 어둠의 뒤편에 무성영화처럼 펼쳐진 주랑을 바라보면서 생각한다. 잠자는 남자는 어떻게 간판도 없는 호텔을 금세 알아보았고, 이런 어둠 속에서 어떻게 호텔 사무실의 위치를 금세 알 수 있는 것일까? 그는 어떻게 어둠을 두려워하지 않는 것일까? 그가 자연의 아이라서 그런 것일까? 혹은 그는 밤의 아이일까? 혹은 내 눈이, 밤에는 아무것도 보지 못하고 오직 빛과 그림자만을 구분할 수 있기 때문일까?

내가 독일 표현주의의 영향을 받은 느와르를 좋아하는 건, 그들이 나타내는 빛과 그림자의 효과에 매혹 당했기 때문이야.

잠자는 남자는 어둠 속에서 다시 나타나 말한다.
그 말을 듣자 나는 내가 본 유일한 무성영화 무르나우의 〈파우스트〉를 떠올린다. 우리 내면의 길들은 오직 그림자로만 이루어졌으며...
로베르트 지오드막 역시 잠자는 남자가 영향을 받은 표현주의 영화감독 중의 하나이다. 지오드막은 국가사회주의자들이 정권을 잡자 다른 많은 예술가와 마찬가지로 독일을 떠나 미국으로 갔다. 독일 표현주의는 나치에 의해 타락예술로 낙인찍히고 작품들은 파기되었다. 그래서 이제, 미국 할리우드에서 독일 출신 망명 감독들이 활약하는 시대가 온다. 지오드막은 그중의 하나이다.
1933년 지오드막은 독일에서 슈테판 츠바이크의 소설 〈불타는 비밀〉을

만들지만 당시 나치의 집권과 함께 새로 들어선 인민교화선전부 장관 괴벨스에 의해서 상영이 금지된다.

영화 〈불타는 비밀〉에서 자신은 어둠 속에서 극명한 대조를 통해 가장 비현실적인 존재로 탄생하는 빛의 효과를 보았다고 잠자는 남자는 말한다. 카라바조나 렘브란트가 스크린에서 재현되었다. 비밀은 어둠이 아니라 빛 안에 있었다. 빛 자체가 초현실이었다. 불타는 것은 포착할 수 없는 현상이기 때문이다. 괴벨스가 영화 〈불타는 비밀〉을 금지한 것은 그것이 1933년 초에 있었던 수상쩍은 국가의회의사당 화재사건을 암시한다고 생각했기 때문이다.

잠자는 남자와 내가 여행 가방을 끌고 호텔 문을 들어서자 로비에는 비발디의 '겨울'이 나직하게 흘러나온다. 한 명의 남자직원을 제외하면 다른 사람의 모습은 보이지 않는다. 직원은 방 열쇠를 준다. 역시 전자식은 아니다. 방은 긴 복도의 가장 끝에 있다. 호텔 로비에는 간단한 차와 보온병에 든 더운물이 항상 준비되어 있고 필요하다면 전자레인지도 이용할 수 있다. 하지만 아침 식사를 제공하지는 않는다. 유감스럽게도 객실 안에서는 인터넷이 안 되며, 로비에서만 가능하다.

직선으로 이어진 길고 침침한 복도를 걸어가자, 우리를 향해서 다가오는 한 쌍의 남녀가 있다. 그들의 얼굴을 알아볼 수 있을 만큼 거리가 가까워지자, 비로소 우리는 그것이 거울에 비친 우리 자신의 모습인 것을

알아차린다. 복도 끝에는 거짓말처럼 거울이 서 있기 때문이다.

방으로 들어서자, 가장 먼저 우리의 시선을 사로잡는 것은 침대 머리 장식 대신으로 그려진 우아한 캐노피 커튼 벽화다. 원래 침대는 헤드 부분에 아무것도 없이 매트리스와 아래쪽 지지대만으로 이루어진 물건이지만, 아기 천사들이 조각된 아름다운 곡선 모양의 목재 헤드와 그 위로 걷어 올려진 커튼을 흰 벽에 그림으로 그려놓은 것이다. 다음 날 우리는, 복도를 지나가면서 투숙객이 막 떠난, 방문이 열려있는 몇몇 다른 방들을 들여다보았는데, 이 호텔의 방들은 모두 침대 머리맡에 저마다 다른 모양의 벽화들이 그려져 있는 것을 발견한다. 벽화들에서 자주 보이는 모티브는 대개 공작새의 날개와 아기 천사, 굽이치는 커튼과 포도 덩굴, 백조 그리고 춤추는 소녀 등이다.

아마고사 오페라 하우스 호텔은 할리우드 드림 호텔보다 더욱 오래된 듯이 보인다. 욕조의 도기는 귀퉁이가 떨어져 나갔고 수도꼭지도 구식이다. 모든 것이 허름한 모양새는 할리우드 드림 호텔과 같지만 여기에는 에어컨이 설치되어 있다. 아주 긴 주랑을 가진 ㄱ 자 모양의 단층 건물은 골드러시 시대 광산 노동자들의 숙소나 그들을 대상으로 한 값싼 호텔을 연상시킨다. 특이하게도 객실은 두 개의 출입구가 있다. 하나는 로비에서 이어지는 복도로 드나드는 문이고, 다른 하나는 객실에서 바로 바깥 주랑으로 나가는 문이다. 주랑으로 나가는 문을 열면 거기에 철제

테이블이 있다. 데쓰 밸리의 환한 햇빛을 받으며 아침 식사를 하기에는 더없이 좋아 보인다. 하지만 우리는 먹을 것이 없고, 호텔은 아침을 주지 않는다고 한다. 우리가 하루 종일 먹은 것이라곤 휴게소에서 산 참으로 맛없는 샌드위치 한 조각이 전부이다. 그리고 가방 속에는 간식으로 먹으려던 견과 한 봉지가 있을 뿐이다. 우리는 잠시 바깥 주랑의 테이블에 앉아 깊어가는 데쓰 밸리의 밤을 바라본다. 나는 땅콩과 호두와 캐슈너트를 먹는다. 배가 고프기 때문이다. 그러나 잠자는 남자는 아무 것도 먹지 않는다. 그는 놀라울 만큼 배고픔을 잘 참는다. 그래서 여행을 다닐 때 하루 정도는 완전히 굶어도 그다지 영향을 받지 않는다. 그러나 나는 아니다. 물론 잠자는 남자는 마음만 먹으면 왕성한 식욕을 발휘할 수도 있다. 잠자는 남자의 말에 의하면, 그는 우리가 처음 알게 되었을 당시보다 거의 이십 킬로를 감량했다.

잠자는 남자는, 당시 화면에 비치는 자신의 모습이 마음에 들지 않았기 때문에 다이어트를 하기로 결심했다고 한다. 일단 다이어트를 결심하자, 그는 무서울 만큼 금욕적인 식생활로 돌입했다. 그는 성격상 피트니스 센터 등을 가지 않는다. 단지 수영을 하고, 약간의 요가를 하고, 규칙적으로 푸시업을 한다. 그리고 식사량을 극단적으로 줄이고, 집에서는 아예 요리를 하지 않고 커피와 사과 바나나 정도로만 끼니를 해결한다. 하루에 한 번 정도 인근 카페로 가서 에스프레소와 함께 치즈를 얹은 크라상 한 조각이나 버터 바른 브레첼, 바게트 샌드위치 등을 먹는다.

그리고 어쩌다가 사람을 만날 일이 있거나 할 때만 정식 식사를 한다.

우리는 로비의 소파로 가서 인터넷을 접속하고, 잠자는 남자는 로비에 놓인 지역 신문과 잡지를 읽는다. 식당이라는 표지판이 붙은 방이 보이지만 문은 닫혀 있다. 아마도 일시적으로 주방을 운영하지 않는듯 하다. 로비의 벽 여기저기에도 벽화들이 보인다. 로비의 그림은 객실과는 모티브가 다르다. 그것들은 모두 외면의 풍경이다. 거리와 성문, 초록빛 나무들, 집들과 일상생활을 하는 여인들이 있다. 풍성한 드레스를 입고 춤추는 여인과 그녀 앞에서 무릎을 구부리며 절하는 남자의 그림이 있다. 백여 년 전의 캘리포니아, 목가적이면서 열정적인 삶이 느껴진다. 하지만 나는, 어쩐지 이 모든 그림이 전부 동일한 화가의 작품일 거라는 느낌이 든다. 로비에서는 여전히 비발디의 선율이 흐른다.

다음 날 아침, 데쓰 밸리는 눈부시게 환한 햇빛의 세계이다. 잠자는 남자는 먼저 일어나 밖에서 촬영을 하고 있다. 그는 이 빛의 순간을 놓칠 수 없다. 잠자는 남자는 주랑의 창을 통해서 나를 깨운다. 그리고 말한다. 여기는 키리코의 세계야. 나는 순식간에 그의 말을 이해한다.

어젯밤에는 그토록 깊은 어둠에 잠겨있던 호텔의 모습이 내 눈앞에 있다.

검은 모자를 쓴 남자가 기둥 뒤에 숨어있다. 남자의 검은 그림자와 흰빛 건물의 콘트라스트. 비현실적인 각도로 길게 뻗어있는 주랑. 자로

잰 듯 규칙적인 모양으로 놓인 방들과 테이블 그리고 의자. 사물들의 그런 반복성이 불러일으키는 현기증. 이 세계의 것이라고는 믿어지지 않는, 농담이 제거된 견고한 햇빛과 짙은 그늘. 과장된 원근. 극단으로 수렴되는 소실점. 어디에 있는가, 지금 이 현상으로서의 세계와 우리 자신의 절댓값은. 미술을 초월한 추상적인 수학의 세계. 종종 여행을 떠나 있을 때, 나는 진심으로 여행과 꿈을 구분할 수 없을 때가 있다. 지금이 바로 그런 순간이라고 나는 잠자는 남자에게 말한다.

환상 아니면 비밀.

어디선가 나타난 작업복 차림의 인부 한 명이 회반죽 양동이를 들고 우리의 앞을 지나 주랑의 끝으로 걸어간다. 그리고 우리의 눈앞에서 사라진다. 몸집이 커다랗고 턱수염을 기른 남자 두 명이 손에 커피잔을 들고 호텔에서 나온다. 그들은 계속해서 대화를 나누면서 각자의 트럭을 향해서 간다. 그들은 어디서 커피를 구했을까? 나는 궁금하다. 하지만 묻지는 않는다. 잠자는 남자와 나는 주랑의 끝까지 걸어가 보기로 한다. 우리는 양동이를 든 인부가 사라진 소실점을 향해서 간다. 주랑의 끝에는 조금 전의 인부가 들고 가던 회반죽 양동이가 놓여있다. 인부의 모습은 보이지 않는다. 그리고 주랑은 오른쪽으로 꺾어지면서 잠시 이어지다가 끝이 난다. 주랑이 끝난 부분은 작은 홀처럼 생긴 부속 건물인데 입구가 따로 나 있다. 우리는 건물을 정면에서 살펴보고 깜짝 놀란다. 홀의 입구 위쪽 흰색 벽에는 우리가 객실과 로비에서 보았던 것과 같은 양식의 필체로, '아마고사 오페라 하우스'라고 적혀 있다.

사막에서 오페라 하우스를 만나게 되다니.

문은 잠겨 있지 않다. 오페라 하우스의 내부는 더욱 놀랍다. 어둑한 실내에 들어선 우리는, 순간적으로 사람들로 가득 찬 백여 년 전의 데쓰 밸리 오페라 극장에 발을 디딘다는 착각에 빠진다. 실내는 소규모의 무대가 있는 극장이다. 오페라를 한창 흥미롭게 관람하고 있는 2층과 3층 객석 관객들의 모습이 사방의 벽 가득히 화려한 색채로 그려져 있다. 원래는 평평한 사각형 천장에는 로코코 장식의 돔형 지붕이 그려져 있다. 그 위를 비둘기 두 마리가 날고 있으며, 천사들이 비파를 연주한다. 지붕꼭대기에서부터 내려온 커튼이 관객들의 머리 위에서 나부낀다. 2층 객석 아래 그늘 속에는 우단을 씌운 의자 위에서 커다란 고양이가 졸고 있고, 그 옆에는 오페라의 소품인 듯한 기사의 전신 갑옷 모형이 있다. 신사들과 여인들의 대화와 웃음소리가 들려오는 듯하다. 오페라가 끝난 후의 무도회를 기다리는 소녀들의 발이 작고 예쁜 구두 속에서 꼼지락 거린다. 여인들은 아름답고 신사들은 의젓하다. 무대 위에서 발레리나의 독무가 시작된다.

이 모든 것이 극장 가득히 화려한 채색 벽화로 묘사되어 있다.

우리가 묵은 이 호텔의 이름이 '아마고사 오페라 하우스 호텔'인 것은 여기 실제로 이런 오페라 하우스가 있기 때문이다.

다행히 우리는 호텔 근처에서 작은 카페를 발견한다. 그곳에서 에스

프레소와 크라상으로 아침을 먹는다. 우리는 느긋하게 한낮의 아침을
즐긴다.

잠자는 남자가 독어판 휘트먼 시집을 읽는 사이, 나는 호텔 로비에서
가져온 호텔 안내 책자를 읽는다.

1923년에서 1925년 사이, 퍼시픽 코스트 보락스 컴퍼니는 캘리포니
아-네바다 주 경계 데쓰 밸리 교차로에 컴퍼니 타운을 세우고 스페인
식민지 풍의 복합건물을 건설한다. 그 건물에는 사무실, 상점, 합숙소,
23개의 객실을 갖춘 호텔, 식당과 로비, 그리고 직원본부가 입주한다.
건물의 북쪽 끝에 만들어진 레크레이션 홀은 댄스파티, 종교집회, 영화
상영, 장례식, 그리고 마을 회의 등이 열리는 지역 센터의 역할을 한다.
당시 레크레이션 홀의 이름은 코르크힐 홀이다.

젊은 시절 라디오시티 뮤직홀과 브로드웨이의 무희였다가 자신만의
춤을 창작하는 솔로 댄서로 활동하던 마르타 베케트는 1967년 봄 남편
과 함께 데쓰 밸리 공원 비지터 센터 뒤편으로 캠핑을 온다. 어느 날 이
들 부부의 트레일러 타이어가 펑크나는 바람에 비지터 센터 직원의 안
내로 데쓰 밸리 교차로의 정비소에 오게 된다. 남편이 정비소에 있는
사이 마르타는 점토로 지어진 아마고사 호텔 건물을 홀로 탐험해보기
로 한다. 그녀는 최면에 걸린 듯 호텔의 주랑을 따라 끝까지 걸어갔고,

마침내 주랑의 가장 끝에 있는 특별한 공간을 발견하다. 뒷문에 난 작은 구멍으로 안을 들여다본 그녀는 자신의 눈을 믿을 수 없다. 그곳은 지금은 사용하지 않는, 폐쇄된 극장이다!

다음 날 마르타와 남편은 컴퍼니 타운 매니저를 만나 월 45달러에 극장을 임대하기로 계약한다. 내부 수리는 마르타 부부가 떠맡기로 한다. 원래 이름이 코르크힐 홀이던 그곳은 마르타에 의해 아마고사 오페라 하우스라는 새로운 이름을 얻는다.

1968년 2월 10일, 마르타는 아마고사 오페라 하우스에서 첫 번째 공연을 가진다. 관객들은 어른과 아이들 합해서 모두 열두 명이다. 그날 이후 수년 동안 아마고사 오페라 하우스의 공연은 매주 금요일과 토요일 그리고 월요일 밤마다 빠지지 않고 계속된다. 관객들은 지역주민이거나 호기심 많은 관광객이 전부이다. 심지어 단 한 명의 관객도 없는 날도 있다. 언젠가 태풍이 물러간 다음 극장을 청소하던 중에 마르타는 문득 이런 영감이 떠올랐다. 최고의 공연이 펼쳐지는 극장의 가득 찬 객석 풍경을 이곳 벽에 그려보자.

극장 사면의 벽을 그림으로 가득 채우는 데는 4년이란 시간이 걸린다. 그리고 나서 이번에는 천장화에 도전한다. 천장화를 그리는데 또다시 2년이 흘러간다. 그리하여 극장 전체의 벽화는 1974년에 완성된다.

1983년 마르타의 남편은 그녀를 떠난다. 하지만 마치 운명처럼 또 다른 남자가 그녀의 인생에 들어온다. 스테이지 매니저와 사회자인 토마스

월렛은 그날 이후 지금까지 그녀의 곁에 계속 머물고 있다. 월렛은 그녀의 무대를 위한 충실한 동반자이자 유머를 더해주는 훌륭한 동료이며 조력자이다.

그녀는 인생의 계획을 미리 세우지 않는다. 뉴욕에서 출발한 그녀의 춤이 이곳 데쓰 밸리 교차로에서, 그것도 아무도 원하지 않던 버려진 극장을 만나게 될 줄은 자신도 전혀 상상하지 못한 일이다.

극장의 벽화를 완성한 후, 마르타는 호텔 전체에도 벽화를 그려나간다. 호텔 입구와 로비의 그림은 환한 자연광 아래의 정자와 그 주변 사람들의 모습이다. 식당 벽에는 16세기 스페인 정원을 그린다.

객실 벽화는 천진하게 뛰어노는 어린아이와 공작새가 주된 모티브이다. 특히 22호 객실에는 공 위에서 춤추는 무희와 광대, 곡예사의 그림이 있는데 이것은 이 방에서 네 번이나 묵었던 배우이자 가수 레드 스켈톤을 기념하기 위한 것이다.

마르타는 말했다. 바깥세상, 그곳에서 인간들은 서로 싸우고 고함지르고 경적을 울려댄다. 그러나 여기 이곳 극장 안에서 사람들은 노래 부르고 춤추면서 교류를 이룬다. 바로 이런 곳이 내가 속한 세계이다.

지금도 그녀는 춤을 추고 있으며, 여전히 그림을 그린다.

우리는 또다시 무척 흥미로운 호텔을 만난 것 같아, 하고 내가 말한다.

휘트먼도 무척 흥미로운 시인이야. 하고 잠자는 남자가 대답한다.

모하비 사막에서

우리는 여행을 계속한다.

사막 가운데서 우리는 간혹 작은 마을이나 홀로 서 있는 집을 발견하기도 한다. 마을을 지나갈 때는 속도를 줄여야 한다. 운전면허증을 가져오지 않은 나는 마을을 지나갈 때 특히 조심한다. 마을이라고 해야 길가에 집들이 열 채 정도 서 있는 것이 전부이며, 미국식 아주 커다란 광고판, 규모가 작지는 않지만 어딘지 스산한 건물들, 그리고 커다란 차들이 있다. 마을이라기보다는 금광 인부들을 위한 임시 거주촌처럼 보인다.

우리는 도중에 우연히 작은 예술인 공동체를 발견한다. 사막 한가운데 몇 채의 건물이 있는데, 그것들은 화가의 아틀리에거나 전시실이다. 그중에는 작은 카페를 겸한 곳도 있다. 청바지 차림의 소탈한 여자와 히피 분위기의 남자가 있다. 우리는 그곳 카페에서 커피를 마신다. 카페는 작은 전시관이기도 하다. 그림엽서와 수공예품, 그림이 그려진 접시 장식품 등이 있다. 잠자는 남자는 그림엽서를 산다. 그리고 우리는 다시 길을 떠난다.

메마른 덤불들이 드문드문 흩어진, 건조한 황무지가 끝없이 펼쳐진다. 간혹 흙먼지가 일 때면 사방이 자욱하게 흐릿하다. 아무것도 보이지 않는다.

길가의 작은 호텔이나 카페를 발견하면 우리는 차를 세우고 들어가 커피를 마신다. 잠시 휴식을 취한다. 그리고 여행을 계속한다.

여행 내내 잠자는 남자는 휘트먼을 읽는다.

황무지 한 가운데서.

한국에서 나는, 어떤 화가가 모하비 사막에 아틀리에를 차렸다가 파산한 후에 빈털터리로 한국에 돌아왔다는 말을 들은 적이 있다. 그는 일 년 동안이나 전기도 수도 시설도 없는 사막 아틀리에에서 작업을 했다고 말했다. 당시에 나는 그의 말을 완전히 다 믿지는 못했다. 하지만 지금 내가 직접 사막의 예술가들을 마주치고 나니 조금 생각이 달라진다. 그는 우리가 지나온 그런 공동체에 있었을지도 모르고 아니면 저렇게 홀로 있는 저 집들 중 하나를 빌려서 작업을 한 것인지도 모른다. 막스 에른스트는 애리조나의 세도나에 정착하여 황량한 사막 가운데 직접

집을 짓고 그림을 그리며 살았다. 문명과 동떨어진 애리조나 사막의 풍광이 자신이 그리는 초현실의 세계와 닮았기 때문이다.

화가가 데쓰 밸리에서 그림을 그린다면, 작가는 데쓰 밸리에서 글을 쓸 수 있으리라.

나는 잠자는 남자에게 말한다.

나: 만약 이 사막 한가운데 있는 저런 집에서 살게 되면, 그 삶은 어떨까. 아, 그러면 내 안에서 어떤 글이 나오게 될까.

잠자는 남자: 그러면 너는 사막 토끼에 관해서 글을 쓰게 될 거야.

나: 사막토끼에 관해서 나는 아무것도 몰라.

잠자는 남자: 우리가 이 사막에서 산다면, 넌 사막 토끼를 알게 될 거야. 내가 가끔 너를 위해서 사막 토끼를 사냥해올 테니까.

붉은 절벽이 우리의 길에 나타난다. 새빨간 흙가루가 날린다. 그곳은 아마도 버려진 채석장인 듯하다. 인적은 보이지 않는다. 잠자는 남자는 이곳에서 촬영하고 싶어한다. 그는 붉은 절벽에서 떨어져 나온 거대한 붉은 바위들이 산재한 채석장 안으로 용감하게 들어선다. 그곳은 붉은 바위로 둘러싸인 붉은 고원이다. 모서리가 날카롭고 불안하게 파쇄된, 다양한 붉은 색채를 드러낸 바위들이 시야 가득히 펼쳐진다. 우리는 눈앞에서 거대하게 증폭된 막스 에른스트의 세계를 목격한다. 그곳은 돌과 초현실의 세계다. 우주의 붉은 소행성 하나가 이곳에서 지구와 충돌한 이후 남겨진 파편들 같다. 붉은 바위들 위로 불그스름하게 해가 진다. 빛과 암석의 붉음이 소리 없이 투쟁을 벌인다. 우리는 그곳에서 어두워질 때까지 머문다. 해가 지자 바람이 무척 차가워진다. 티셔츠 차림인 나는 잠자는 남자가 벗어준 스웨터를 겹쳐 입는다.

라스베가스

라스베가스에 대해서는 할 말이 많지 않다. 캔디스가 장담한 대로, 우리는 라스베가스에서 매우 크고 고급스러워 보이는 호텔에 묵는다. 잠자는 남자와 내가 여행을 다니면서 한 번도 묵어본 적이 없는, 그런 호텔이다. 그러나 그 호텔은 우리에게 아무런 인상도 남기지 않는다. 호텔 주차장의 엄청난 규모에 우리는 놀란다. 교외의 이케아 매장에라도 들어서는 것 같다. 그리고 호텔 로비에서는, 체크인 수속을 하기 위해 길게 줄을 서 있는 엄청난 인파에 다시 한 번 더 질려버린다. 마치 바캉스 시즌에 해수욕장 탈의실 앞의 줄과도 같다. 그야말로 각양각색의 사람들. 가족 단위의 사람들, 그것도 아주 어린 아이들을 데리고 온 젊은 부부들이 많이 보이는 것이 좀 의아하다. 사람들은 여기저기서 큰 소리로 말하고 아이들이 마구 돌아다닌다. 호텔 로비는 공항 대합실처럼 북적인다. 당연하기도 한 것이, 이 호텔의 숙박비는 아마고사 오페라 하우스 호텔의 거의 삼분의 일 가격인 것이다. 여기서 우리는 LA 여행 최초로 전자식 키를 받는다. 게다가 슬롯머신을 이용할 수 있는 10달러 쿠폰까지도 받는다. 투숙객들은 호텔에서 곧바로 외부로 나갈 수 없다. 매번 드넓은 카지노를 한참 통과해야만 출입구가 나오는 구조이다. 우리는 눈이 휘둥그레진 채 카지노의 풍경을 구경한다. 무엇보다도, 카지노에서는 담배를 피울 수 있다는 것이 신기하다. 사람들이 기계 앞에 앉아 게임을 하는 동안 도박장 안으로 입장이 허용되지 않는 아이들은 카지노 외부의 통로 벤치에 앉아서 기다린다. 카지노는 벽이 없이 개방되어 있다. 그래서 통로에 있어도 목을 자극하는 담배 냄새를 느낀다. 잠자는 남자는 총천연색으로 화려하게 움직이는 카지노 게임기의 화면에 흥미를 느낀다. 게임기의 스크린을 촬영하고 싶어한다. 그는 비디오카메라를 손에 들고, 게임에 열중한 사람들의 등 뒤로 다가간다.

배가 고픈 우리는 카지노 식당에서 밥을 먹기로 한다. 나는 아주 많이 먹을 수 있을 것 같다. 하지만 음식 가격이 터무니없이 비싸다는 생각이 든다. 음료수도 마찬가지이다. 게다가 이 초대형 식당의 모든 음식이 일회용 그릇에 담겨 나온다는데 살짝 충격을 받는다. 음식의 맛도 끔찍하다. 맛이 없다기보다는, 전자레인지에 급하게 데워서 나온 즉석식품의 느낌이 너무도 강해 마치 플라스틱을 씹는 기분이다. 그것은 거대한

레토르트 식당이다. 모든 시설과 가구들은 플라스틱 덩어리이다. 심지어 멍한 얼굴로 음식을 먹는 사람들조차 플라스틱 인간으로 보일 정도이다. 그곳은 카지노에서 게임에 열중해 있던 사람들이 급한 허기를 달래기 위해 서둘러 식사를 하고 다시 게임기 앞으로 돌아가기에 적당한 그런 식당이다. 우리는 두 번 다시 이곳에서 밥을 먹고 싶지 않다. 그러나 호텔 밖에서 우리가 찾을 수 있는 식당은 맥도날드뿐이다. 맥도날드라고 해서 항상 북새통이고 삭막한 것만은 아니라고 나는 생각한다. 베를린에서는 한적한 오전 시간 맥모닝으로 아침을 먹었는데, 그것은 아주 좋은 기억으로 남아있다. 그러나 라스베가스의 맥도날드는 카지노 식당과 크게 다르지 않다. 게다가 그곳의 햄버거는 내가 알고 있는, 오래전에 먹어본 햄버거보다 훨씬 더 기름진 것 같다. 기름진 음식을 먹은 다음에 입맛을 개운하게 바꾸어 줄 음료라고는 콜라뿐이다. 다른 선택의 여지는 없다. 나와 잠자는 남자는, 라스베가스는 우리와 그다지 맞지 않는 도시라고 결론을 내린다. 특히 음식이 그렇다. 하지만 좀 더 생각해보면 그것은 라스베가스라는 도시의 음식이라기보다는 카지노의 음식이라고 해야 정확할 것이다.

카지노의 기념품 가게에 들어간 우리는 갓난아기용 올인원에 달러 표시가 그려진 것을 보고 충격을 받는다. 이 도시의 적나라한 솔직함 앞에서 그렇지 못한 우리는 주눅이 든다. 그리고 스스로 아주 늙고 눈치 없고 시대착오적 인간이 된 듯해서 조금 슬프기도 하다. 우리는 혹시 돈에

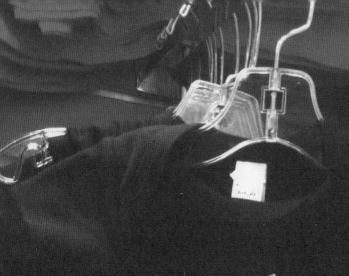

$$$

My Lucky

T-Shirt

LAS VEGAS

대해서 지나치게 경직되고 위선적이며 보수적인 교육을 받은 탓이 아닐까 스스로 진단해본다. 그렇다면 현재 우리의 재정상태가 한없이 초라하고, 여행을 다닐 때마다 산더미 같은 책을 들고 별 두 개짜리 호스텔을 전전하면서도 세상을 가진 것 마냥 기뻐 어쩔 줄 모르는 우리의 삶은 당연한 귀결일지도 모른다.

나는 몽골 알타이에서, 식사를 마친 한 유목민 추장이 혓바닥을 쑥 내밀어 접시를 말끔하게 핥는 것을 보았다. 추장님은 그것이 유목민의 오랜 관습이라고 했다. 설거지할 물이 없는 초원에서 그릇의 음식물을 말끔히 핥는 것은 여자의 일거리를 덜어주는 것이며, 음식을 단 한 톨도 남기지 않고 소스까지 말끔히 먹는 것은 음식을 내려준 자연에 대한 존중의 표시이고, 그런 식으로 혀뿌리까지 내미는 행동을 반복하게 되면 편도선이 강해져서 유목민 아이들은 편도선염에 잘 걸리지 않는다는 것이 추장님의 설명이었다. 우리 일행들은 아무도 그것을 이상하게 여기지 않았고, 심지어 몇몇은 그대로 따라 하기도 했다. 그런데 라스베가스 카지노에서 나는 알타이 유목민들에게서 보다 더욱 큰 문화 충격을 느낀다. 잠자는 남자와 나는 버튼식 자동차를 처음 보며, 둘 다 아직도 낡은 수동 자동차를 운전하고, 둘 다 스마트폰이 없으며, 둘 다 매우 낯을 가리고, 둘 다 카지노의 생태 앞에서 강한 수줍음을 느낀다.

하지만 나는 라스베가스식 유머를 마주친 순간 소리 내어 웃는다.

나는 유머를 좋아하고, 웃는 것이 좋으며, 나를 웃게 하는 것은 뭐든지 사랑하는 편이다. 예를 들자면 카지노 입구에 서 있는 이 매력적인 뒤태의 여인들을 만난 순간 나는 웃음을 터트린다. 그녀들은 라스베가스 인근의 사막에서 마주친 조슈아 트리와 함께 내가 이 도시에서 경험한 인상적인 기억이다.

라스베가스는 장점이 있다. LA에 온 이후 처음으로 호텔의 인터넷이 원활한 것이다. 라스베가스의 밤, 우리는 유튜브에서 찾은 페렉의 〈잠자는 남자〉 영화를 볼 수 있다. 그리고 다음 날, 호텔에서 선물 받은 10달러 슬롯머신 쿠폰도 사용하지 않은 채 우리는 미련 없이 라스베가스를 떠난다.

공동의 꿈

그랜드 캐니언 공원 방갈로에 머물던 어느 날 밤, 종종 그래왔듯이 잠자는 남자는 내 모놀로그를 녹화하기를 원한다. 너의 꿈 이야기를 들려줘, 하고 잠자는 남자는 말한다. 꿈 이야기를 들려줘. 혹은 여행에 관한 이야기라도 좋아. 혹은 네가 지금 생각하는 것을 이야기해 줘.

"우리는 기차를 타고 갔어. 베를린에서 뮌헨까지 급행열차를 탔고, 뮌헨 중앙역에서는 객차가 두 량밖에 없는 작은 지역 열차로 갈아탔어. 하루 종일 비가 내릴 듯 흐리고 구름이 낮게 깔린 어두운 날이었어. 지역 열차의 마지막 종착지는 이름도 처음 들어보는 작은 역이었어. 역 건물을 빠져나오자 그곳은 들판이었어. 택시 승차장 따위는 있지도 않았어.

우리는 걷기로 했어. 십일월의 축축한 안개가 살짝 깔려 있었지만 그리 심하지는 않았어. 건초를 베어낸 들판은 완만하게 구릉지며 널리 펼쳐졌고, 사이사이 작고 검은 숲들이 웅크리고 있었지. 그곳에서 내가 본 것은 사람 크기의 절반쯤 되는 한 성인의 나무조각상이었어. 그 성인의 이름이 무엇인지는 몰라. 지팡이를 들었고, 뱀처럼 구불구불한 장식물이 그의 목 주변에 감겨있었어. 성인은 긴 외투를 걸쳤고, 머리에는 납작하고 챙이 없는 모자를 썼지. 성인은 흐린 하늘을 배경으로 벌판 한가운데의 나무 단 위에 우뚝 서 있었어. 마치 어떤 종교축제의 행사에서 성상을 들고 행진하던 사람들이 무슨 이유에선지 성인을 그 자리에 그냥 두고 가버린 것처럼.

그다음으로 내가 본 것은 한 남자였어. 그는 나무조각상도 아니었고, 그리고 분명 성인도 아니었을 거야. 남자는 아주 늙었고, 백발이었고, 몸이 심하게 휘었고, 다리를 절었어. 남자는 왼손에 든 지팡이로 몸을 지탱하면서 걸었어. 그가 걸음을 옮길 때마다 기묘하게 비틀린 그의 몸은 급격하게 기울어지면서 금방이라도 쓰러질 듯이 보였지만 그는 곧 능숙하게 균형을 잡았고 다시 다음 걸음을 떼곤 했어. 그렇게 그는 아주 빠르게 걸었어. 그는 간혹 걸음을 멈추고 우리를 돌아보면서 뭐라고 웅얼거리듯 말을 했지만 나는 그의 말을 한마디도 알아들을 수가 없었어. 보아하니 그는 우리를 인도하고 있는 듯했어. 어디로, 무엇 때문에 인도하는 것인지는 알 수 없었지만. 남자는 우리보다 한참을 앞서서 걸어갔고,

우리는 그의 뒷모습만 보면서 따라갔어. 남자는 들판을 가로질러 숲 사잇길로 갔고 쓸쓸히 서 있는 한그루 포플러나무 아래를 지나갔으며 바닥에 빗물이 고여 있는 허물어진 빈 헛간을 통과해서 갔고 침묵하는 양들이 조용히 풀을 뜯는 비탈길을 갔어. 남자가 강가를 지나갈 때는 그의 그림자가 강물 위 나무들의 그림자 사이에서 어른거리며 함께 흔들렸어. 숲 언덕에서 남자는 잠시 멈추어 서서 손으로 비탈 아래를 말없이 가리켰는데, 그곳에는 수많은 묘석이 늘어서 있었어.

우리는 사람이 살지 않는 빈 건물과 허물어진 교회 앞을 지나서 갔어. 그런 건물들은 문도 없고 담은 무너졌으며, 어떤 곳은 천장이 폭격이라도 맞은 듯이 앙상한 철골만 남긴 채 뻥 뚫려 있기도 했어. 아마도 원래는 누군가의 집이었을 건물들, 원래는 방이었던 공간들을 우리는 지나갔어. 벽의 커다란 구멍을 통해서 스산한 나무들이 서 있는 바깥 들판이 보였어. 바람이 불어올 때마다 들판의 속삭임이 파도치며 번져나갔어. 잎이 떨어진 포플러와 너도밤나무, 떡갈나무들의 마른 가지들이 앙상하게 흔들렸어. 야생오리들이 수면 위를 퍼덕이며 날아갔고, 마지막 남은 마가목 열매가 땅에 떨어졌어. 대기 중에는 풀들이 썩으면서 말라가는 달콤한 냄새가 났어. 버려진 교회 건물 앞에는 새하얀 뺨에 두 줄기 새빨간 피눈물을 흘리는 성모의 초상화가 있었어. 우리는 남자를 따라 교회 안으로 들어갔지. 벽에 그려진 성화들은 형체를 알아볼 수 없게 퇴색했어. 우리의 발걸음이 돌바닥에 닿으며 텅 빈 실내에 메아리를 만들었어.

남자는 기도하기 위해서 교회당에 들어온 것이 아니었어. 단지 그가 가려고 하는 지름길 위에 우연히 교회당의 폐허가 놓여 있었던 것뿐이야. 남자는 날랜 발걸음으로 이미 반대편 문을 통해서 텅 빈 교회를 빠져나가 버린 다음이었어. 남자의 발걸음을 뒤쫓는 우리 역시 서둘러 교회당을 나왔고, 어느새 다시 빈 들판 가운데를 걷고 있었어. 사방은 밤도 낮도 아니었어. 오직 잿빛 구름의 그림자만이 천지에 가득 드리워 있었어.

남자의 절뚝이는 걸음은 놀랄 만큼 빨랐기 때문에 우리가 조금이라도 한눈을 팔고 있으면 남자의 모습은 순식간에 저만큼 앞으로 멀어지며 금방이라도 시야에서 놓칠 듯이 조그맣게 보였어. 우리가 너무 많이 뒤처진다 싶으면 남자는 잠시 멈추어 서서 무언가를 혼잣말로 웅얼거리며 우리가 다가올 때까지 기다리고 있었어. 그런데 자꾸 반복해서 듣다 보니, 아마도 그가 이미 까마득한 과거에 지나가 버린 자신의 어린 시절과 어머니에 대해서 이야기하고 있을지도 모른다는 느낌이 들었어. 그의 입에서 '어머니'라는 단어를 몇 번 들은 것만 같았어.

그리고 남자는 마침내, 우리가 지켜보는 가운데 들판 가장 끝에 있는 어떤 작은 오두막 안으로 들어갔어. 짚으로 지붕을 씌운 오두막은 사냥꾼의 겨울 거처처럼 작고 초라해 보였어. 우리는 홀린 듯이 남자가 들어선 오두막 안으로 따라 들어갔어. 실내는 방 하나뿐인 작은 공간이었어.

따로 램프를 켠 것도 아니지만 어디선가 빛이 들어오는지 아주 어둡지는 않았어. 한쪽 벽에는 무쇠 난로가 서 있고, 반대편 벽에는 커다란 맹금류의 박제가 있었어. 그리고 방 한가운데는 식탁 겸 책상인 탁자가 있었는데, 남자는 마치 우리 따위는 까맣게 잊은 듯이 탁자 앞 의자에 앉아 텔레비전 화면을 뚫어져라 바라보는 중이었어. 실내를 채운 빛은 텔레비전 화면의 빛이었던 거야. 텔레비전에서 나오는 것은 아마도 뉴스인 듯한 흑백 영상인데, 이차 대전이 있던 시대 정치가의 연설, 팔에 갈고리 십자가 완장을 찬 군인들의 열병식, 대규모 전당 대회 장면이 이어지고 있었어. 그런데 소리는 나오지 않았어. 그래서 그것은 마치, 무성영화시대의 뉴스를 보는 듯했어. 남자의 두 눈은 텔레비전에 완전히 고정되어서, 우리가 들어서도 전혀 시선을 돌리지 않았어. 벽에는 작은 창이 있었어. 나는 나무 덧창을 열고 조그만 창구멍을 통해 바깥 들판을 내다보았어. 놀랍게도 그 사이 폭설이라도 내렸는지 들판은 온통 눈에 덮인 순백의 세상이었어. 그토록 무섭게 흐리고 어두웠던 하루는 오직 '눈 내리기 직전'을 암시하는 징후였던 거야. 눈이 그쳐 하얗게 변한 설원 위를 꿩들이 몇 마리 팔짝거리며 뛰어다녔어. 하지만 곧 꿩들은 숲 속으로 사라지고 아무것도 보이지 않게 되었지. 하늘을 날아가는 야생 오리들의 검은 그림자가 흰 벌판 위를 꿈인 듯 스쳐 지나갔어. 나는 창을 닫고, 너에게 시선을 돌렸는데, 그제야 나는 네가 그동안 내내 남자를 따라가는 우리의 여정을 촬영하고 있었음을 깨달았어. 그렇다면 지금까지 내가 본 것은

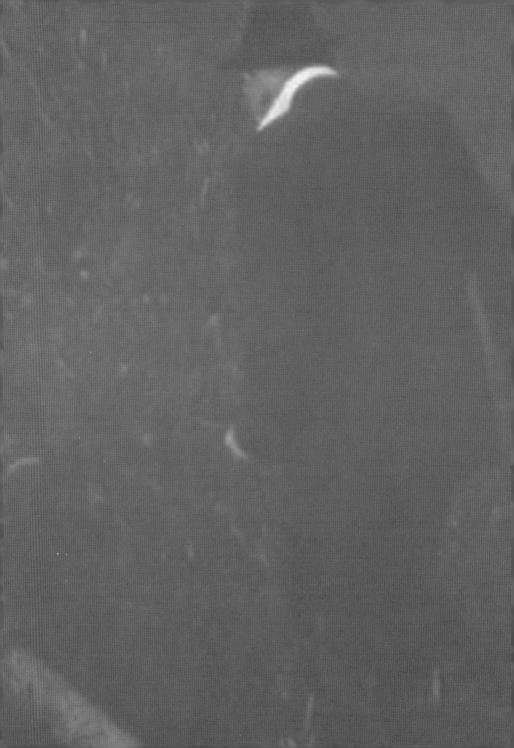

Hab gedacht, Die
ein Kind. Die bra

lutter hat wieder

:ht mich nimmer.

네가 촬영한 짙은 음영을 가진 흑백의 무성영화 필름이었던 건지 아니면 실제로 내 눈앞에서 펼쳐진 세계의 한 부분이었는지. 나는 알 수 없었어. 나는 네게 물었지. 우리를 이끌었던 저 나이 든 남자가 누구냐고. 하지만 너는 내 말을 이해하지 못하고, 어떤 나이 든 남자를 말하는 거냐고 되물었어. 우리가 지금까지 뒤따라온 남자 말이야, 저기 앉아서 텔레비전을 보고 있는 사람. 나는 손으로 남자를 가리켰지만 이미 그 자리에 남자는 없었어. 조금 전까지 남자가 텔레비전을 보고 있던 자리에는 내가 전혀 알지 못하는, 검은 옷차림의 한 금발 머리 청년이 두 팔을 모은 채 고개를 아래로 깊이 푹 수그린 자세로 앉아있을 뿐이었어."

내가 꿈꾼 것은, 그러므로 잠자는 남자가 필름에 담은 바로 그것이었다. 어느 순간 내 꿈이 곧 잠자는 남자의 영화가 되었다. 꿈과 필름, 어느 것이 먼저인지는 알 수 없다. 내가 잠자는 남자의 카메라를 향해서 꿈을 이야기하면, 그것은 이미 우리가 함께 꾸었던 지난밤의 꿈이 되었다.

그랜드 캐니언에서 잠자는 남자는 많은 영상을 촬영하지만 나는 데쓰 밸리에서의 드라이브보다 더 깊은 인상을 받지는 못한다. 사막을 하염없이 달리는 것은 헤세의 안개만큼이나 기이하다. 그 안에서는 누구나 혼자다. 모든 풀과 돌들은 고독하며, 그 어떤 나무도 서로를 향하고 있지 않다.

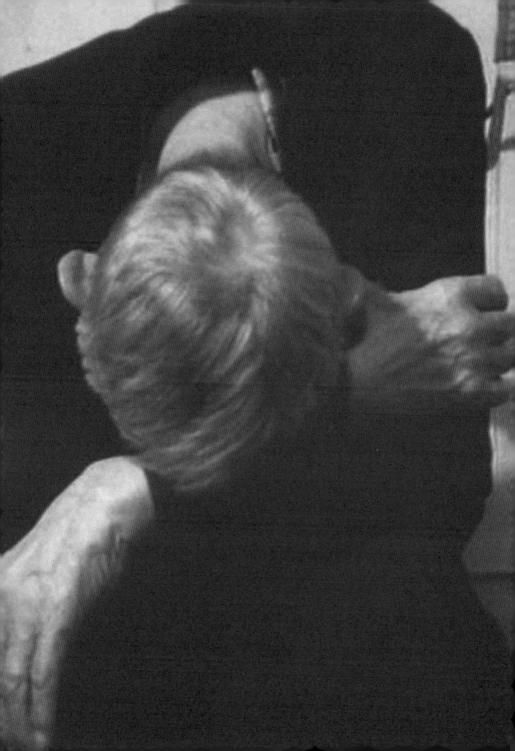

어느 날 우리는 그랜드 캐니언 비지터 센터 식당에서 홀로 책을 읽고 있는 한 젊은이를 발견한다. 식당은 아이들, 중국인 단체 관광객들, 가족 단위의 여행객들로 북새통이고 여기저기서 빈 그릇 치우는 소리로 요란하다. 하지만 그 젊은이는 주변의 온갖 소음에도 아랑곳하지 않고 책에 푹 빠져있다. 그는 우리가 여행 도중에 만난, 유일한 책 읽는 사람이다. 우리도 어딘가로 갈 때 항상 책을 들고 다니는 습관이 있기는 하지만, 그랜드 캐니언 식당은 너무 어수선해서 독서하기에 적절한 장소는 아니다. 그래서 우리는 더욱 큰 호기심으로 그 젊은이를 눈여겨본다. 젊은이는 책을 읽으면서 심지어는 얼굴에 계속해서 웃음을 짓고 있다. 그를 바라보고 있으니, 읽는다는 것은 '홀로'라는 말과 매우 밀접한 유의어라는 생각이 든다.

그랜드 캐니언을 떠난 우리는 모노 호수를 향해서 다시 북상한다. 도중에 고지대를 통과해야 하는데, 그곳에서 우리는 난데없는 4월의 눈보라를 만난다. 커다란 눈송이들이 짙은 회색의 닭들처럼 허공에서 힘차게 푸드덕거린다. 길가의 나무들이 순식간에 회색 외투로 몸을 휘감고 이방인의 눈앞에서 사라진다. 길도 하늘도, 아무것도 보이지 않는다. 예상치 못한 상황에 나는 겁에 질린다. 회색 안갯속에서 당황하는 순간 우리 뒤를 따라오던 산더미만 한 트럭이 우리를 추월하고 지나간다. 그 상태로 계속해서 가는 것은 무리일 것 같아 우리는 차를 길가에 세우고 눈보라가 그치기를 기다린다. 그런데 과연 이 눈보라는 쉽사리 그칠 것인가? 나나 잠자는 남자는 미국 캘리포니아 산악지대 기후에 대해서 아무것도 아는 것이 없다. 나는 여전히 캘리포니아란 이름에서 샌프란시스코의 화창한 햇빛 아래 눈부시던 이탈리안 카페들을 떠올린다. 반면에 잠자는 남자에게 캘리포니아는, 다른 무엇보다도 그가 일 년 전 샌프란시스코 인근의 제라시Djerassi 예술가 레지던스에 머물던 시절 깊이 각인된 초록빛 사막독사이다. 그러므로 우리 둘 다, 캘리포니아에서 눈보라를 만나게 되리라고는 전혀 예상하지 못했다.

다행히 눈보라는 한 시간쯤 뒤에 걷힌다. 길이 얼어붙었을지도 모르므로, 운전대는 잠자는 남자가 잡는다. 우리는 캘리포니아에 돌연히 나타난 갑작스러운 겨울 풍경 속을 천천히 운전해서 간다.

모노 호수는 비정상적으로 높은 염도를 가진 알칼리 호수이다. 호수 인근에 호텔을 잡은 우리는 다음 날 아침 모노 호수로 간다. 이곳에는 눈의 흔적이라곤 없다. 모노 호숫가에는 우리가 유일한 인류이다. 우리는 석회석이 흘러내리며 형성된 기괴한 모양의 암석들 사이를 걷는다. 다른 행성에 온 느낌, 이라고 관광 안내서에는 적혀 있다. 다른 행성에는 한 번도 가 본 일이 없는 나는 그 광고 문안이 얼마나 정확한 것인지는 알 수 없다. 호숫가의 풍경은 막스 에른스트를 연상시킨다.

인간이 죽으면 흙이 될 것이다. 그러다 보면 구름이나 물이나 바람이 될 수도 있을 것이다. 그리고 어느 순간에는 원소로 화하여 이런 호숫가에서 다른 행성의 모습을 지닌 석회로 쌓일지도 모른다. 우리는 묘하게 부드러워진 마음으로, 머플러로 얼굴을 감싼 채, 강한 햇살과 차가운 바람이 몰아치는 호숫가를 오래오래 산책한다.

잠자는 남자가 카메라를 고정시키고 촬영을 한다. 이 여행의 어느 순간부터 나는 그가 나를 촬영하는지 여부를 전혀 의식하지 않게 되었다. 나는 그의 피사체가 아니라 그냥 모든 이미지의 일부, 이미지라는 전체의 일부가 되었다. 불특정한 풍경의 일부, 혹은 구별할 수 없는 색채의 일부가 되었다. 혹은 흙이나 구름이나 물이나 바람이었다. 혹은 수천 년 동안 모노 호숫가에 서 있던 석회 인형이었다. 흐릿하고 불분명한 테두리를 가진 하나의 검은 점에 불과했다. 혹은 하나의 빈 의자였다. 내가 앉아있었던 의자, 혹은 이제 곧 내가 앉게 될 의자. 나는 지금에서야 비로소 그와 함께 촬영을 한다는 것의 의미를 조금 이해하게 된 듯하다. 우리의 작업은 공동의 꿈 꾸기나 마찬가지였다. 우리는 아무도 모르는 곳으로 기차를 타고 가서, 어느 낯선 노인의 뒤를 따라 어둑한 대기가 점령한 들판을 가로질러 간다. 그것이 우리의 작업이고 꿈이었다. 그것이 우리의 잠이었다. 나는 여전히 버려진 사냥꾼의 오두막을 생각한다. 오두막 창밖으로 내다보이던 눈에 덮인 흰 세계를 생각한다. 그 위로 낮게 날아가던 야생 오리들을 생각한다. 우리 또한 그 오리들과 함께 날아가 버렸다. 이제 우리는 보이지 않는다. 우리가 지금 어디에서 함께 잠들어 있는지, 잠자는 남자와 나는 알지 못한다.

동거하지 않는 애인

우리는 다시 LA로 돌아온다. 잠자는 남자가 오렌지카운티의 한 대학에서 강연 약속이 있기 때문이다. 덕분에 우리는 대학이 예약해둔 호텔에서 이틀을 묵는다. 잠자는 남자가 대학 강연을 하는 동안 나는 오렌지카운티 라구나 비치의 호텔에서 페렉의 〈잠자는 남자〉 마지막 페이지를 읽는다.

너는 이제 더 이상, 접근하기 어려운 사람도, 맑은 사람도, 투명한 사람도 아니다. 너는 공포를 느낀다. 너는 기다린다. 너는, 클리시 광장에서, 내리는 비가 멎기를 기다린다.
(조르주 페렉, 〈잠자는 남자〉 조재룡 옮김)

여행이란 무엇인가. 단 한 번도 있지 않았던 '너'라는 익명으로 회귀하기. 기다리기. 공포를 느끼기. 낯설어하기. 더더욱 수동적으로 되기. 역 근처 광장의 계단에 앉아서 기고만장해 하는 승리자들을 바라보기. 여인들을 바라보기. 승리자와 여인들을 숭배하기. 그리고 비가 멎기를 기다리기. 말 더듬는 침묵 속에서.

호텔의 원활한 인터넷과 혼자 있는 시간을 이용해서, 나는 전자메일을 읽는다. 우리가 살고 있는 이 시대는 아무리 멀리 떠나있어도 완전히 떠나지지 않는다. 인터넷 때문일 것이다. 지극히 아날로그적이며 구세대의 문화에 익숙한 나나 잠자는 남자조차도 여행의 길 내내 전자메일을 읽고 있다. 내가 체험한 유일한 예외라면 몽골의 알타이를 여행했을 때뿐이다. 그때는 인터넷도 전화도 커피도 없이 3주일을 보냈다.

메일함을 열자, 몇 개의 반가운 소식, 그리고 몇 개의 그저 그런 소식들이 나를 맞이한다. 오래전에 번역을 마친 W.G. 제발트의 작품 〈현기증. 감정들〉이 이제야 출간 준비작업에 들어가려 한다는 소식이 가장 먼저 눈에 들어온다. 그것은 곧 이제 서서히 역자 후기를 준비하고 여러 번에 걸친 꼼꼼한 교정 작업에 들어가야 한다는 의미지만 그래도 이루 말할 수 없이 기쁘다. 출판사에 추천해둔 포르투갈 작가 로보 안투네스의 책도 계약에 들어갈 예정이라고 한다. 나는 이렇듯 한국에 알려지지 않은 새로운 작가를 추천하여 그것이 출판사에서 받아들여질 때 매우 행복하다. 시적 문체의 산문가인 로보 안투네스는 서사성이 강하고 디테일 구성과 묘사가 치밀하며 입담이 좋은 사라마구보다 내 개인적인 취향에 맞는 작가이다. 그 밖의 다른 몇몇 책들에 대한 번역 의뢰 메일이 있다. 전부 내가 흥미를 갖고 있는 작가의 작품들이라는 사실이 놀랍고 신기하다. 그렇다면 나는 이들의 번역 제안을 거절할 수 없으리라. 번역 작업의 일자에 따라 내 작품을 위한 시간이 조정된다. 나는 번역 작업과 창작 작업을 조율하는 일이 즐겁다. 나는 이미 존재하는 위대함과 실패할 가상의 위대함 사이에서 줄을 타고 있는 기분이 든다. LA에 온 이후 처음으로 나는 잠자는 남자의 영상에서 빠져나온다. 나는 나를 실제 하는 나로 느끼는 이런 순간이 낯설고 비현실적이라는 생각이 든다.

아마도 그것은 내가 지금 여행 중이기 때문이리라.

인터넷도 전화도 없는 알타이에서, 나는 소식을 전할 수 없는, 내가 좋아하는 사람들을 생각했다. 나는 처음으로 그들을 진정 멀게 느꼈다. 그 감정은 내가 그들을 가깝고 친근하게 느낄 때만큼 비현실적이지 않았다.

그리고 메일함에는 오랫동안 소식이 없던 내 애인의 편지가 있다. 특별한 내용이 없는, 짧은 안부 편지이다. 우리가 작별의 인사도 없이 더이상 만나지 않게 된 지가 팔 개월이 넘었고, 나와 마찬가지로 그 역시도 그동안 우리의 관계에 대해서 살짝 혼동스러워하고 있었을지도 모른다. 우리가 9년간 관계를 이어오는 동안 그런 식의 간헐적인 휴지기는 여러 번 있어왔다. 그것은 항상 비공식적이고 즉흥적이었다. 나는 심지어 '나는 너를 죽은 것으로 생각하겠어.' 하고 그에게 편지를 써 보낸 적도 있었다. 그러나 몇 달 후, 우리는 마치 아무런 일도 없었다는 듯이 다시 만나고 있었다. 하지만 그 어떤 휴지기도 이번처럼 길었던 적은 없었다. 나는 이것을 곧 다가올 진짜 작별을 암시하는 징후적 작별로 받아들였고, 그도 마찬가지였을 것이다.

나와 애인은 서로에게 오직 사생활을 위한 대상이었다. 동거라는 형태를 취하지 않고 각자의 집을 유지하는 커플이었지만 사실상 사생활의 거의 대부분을 나누었다. 우리는 서로 가까운 곳에 집을 구했다. 우리는 각자의 집에서 아침 식사를 했다. 우리는 서로를 위해서 요리를 했고, 특별한 일이 없으면 서로의 집에서 작업을 했다. 우리의 집에는 두 사람분의 책상이 있었다. 우리는 함께 저녁 산책을 나섰다. 애인과 함께하는 사생활은 근사했다. 사생활이란 기록되지 않는 역사와도 같았다. 즉 어떤 의미로 본다면, 사생활은 개인의 진짜 인생이었다.

그러나 종종 나는, 내 일을, 내 작업을, 내 번역을 더욱 잘 이해하고 있는 사람은 내 애인이 아니라, 일 년에 겨우 한두 번 만나 나를 필름에 담는 잠자는 남자가 아닐까 남몰래 생각할 때가 많았다.

애인은 평범한 안부의 인사말 마지막에, 내가 외국으로 촬영여행을 떠났다는 소식을 들었다면서, 귀국 일자를 알려주면 자신이 공항으로 마중 나가고 싶다는 의사를 비친다.

잠자는 남자가 대학에서 강연을 마친 날 저녁, 우리는 LA에 와서 처음으로 맥주를 마시러 비어홀에 간다.

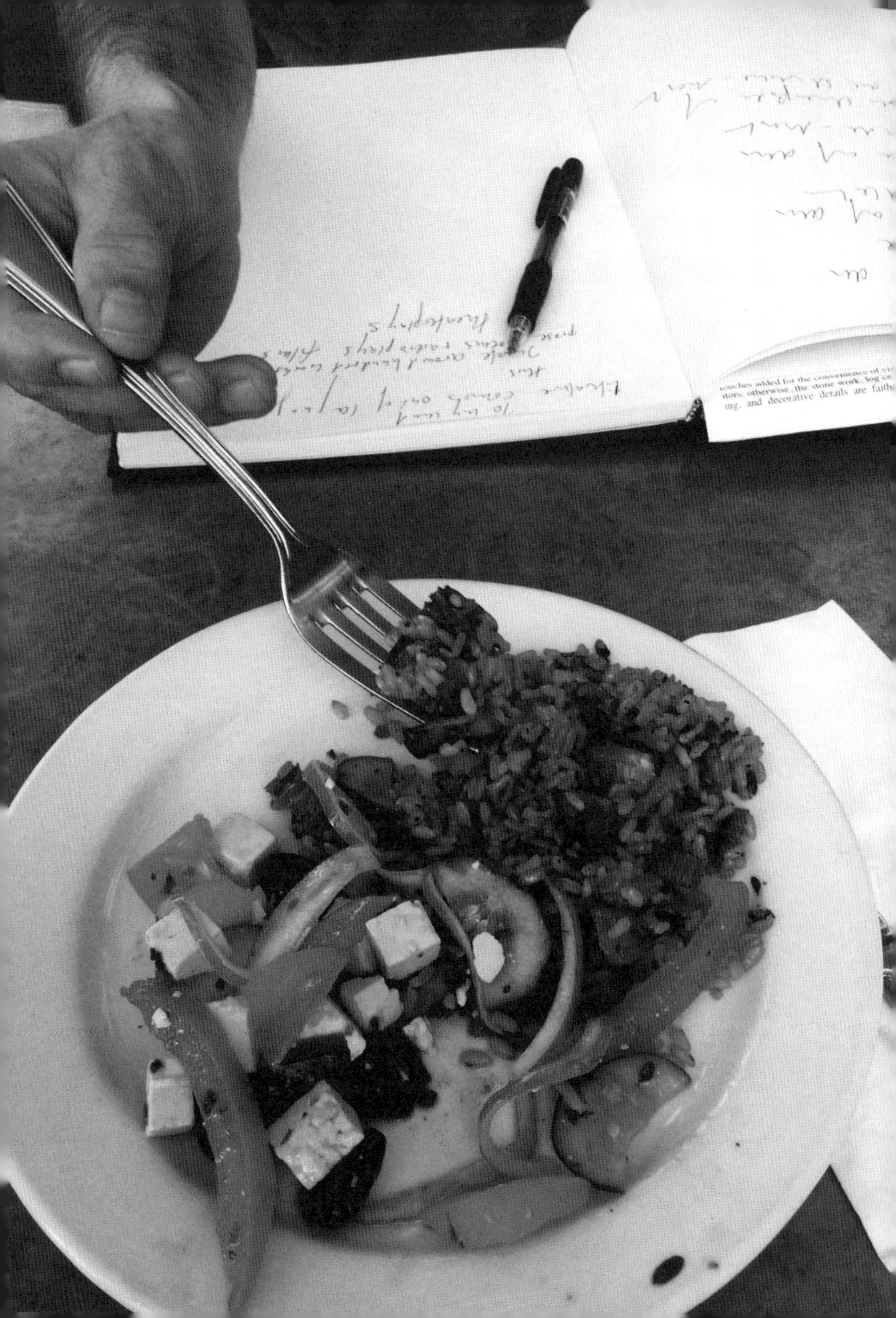

라구나 비치의 중국식 볶음밥

LA에 오게 된 직접적인 명분을 해치우고 난 잠자는 남자는 눈에 띄게 여유롭다. 다음 날 아침 우리는 라구나 비치로 드라이브를 간다. 잠자는 남자를 초대한 오렌지카운티 대학의 교수가 그에게 근사한 아침 식사를 할 수 있는 카페를 추천해 주었기 때문에 우리는 LA에서 단 한 번 있을, 우리의 평상시 수준으로는 사치스러운 브런치를 만끽해 볼 생각이다. 해변 도로 위 약간 비탈진 길 위에 있는 아침 식사 카페는 꽤 유명한 곳인 듯 정원의 야외 테이블은 사람들로 붐빈다. 우리는 빈 식탁을 발견하고 자리를 잡는다. 날씨는 화창하고 멀리 보이는 바다는 아름답다. 아마도 사람들이 캘리포니아, 라고 하는 말에서 연상하는 분위기는 바로 이런 것이리라. 이 카페는 접시를 들고 바에서 음식을 종류별로 골라서 덜어오는 방식이다. 각 음식에는 100그램 단위로 가격이 매겨져 있다. 나는 중국식 볶음밥, 토마토 절임, 야채 볶음을 선택하여 조금씩 접시에 담아달라고 한다. 바의 웨이트리스가 음식의 무게를 달아서 영수증을 주는데 가격이 엄청나다. 우리는 좀 당황한다. 잠자는 남자는 음식을 한 접시만 주문하자고 한다. 자신은 원래 많이 먹지 않으며, 그냥 커피 한잔 이면 충분하다고. 잠자는 남자가 많이 먹지 않는다는 것은 사실이다. 그는 하루 정도는 과일과 커피만으로 견딜 수도 있는 사람이다. 우리는 한 접시의 음식을 나눠 먹기로 하고, 커피를 두 잔 주문한다. 우리는 햇빛이 환한 식탁에 앉는다. 잠자는 남자는 스케치북을 펼치고, 나는 나이프와 포크로 음식을 먹는다. 한입을 먹고 난 뒤 포크를 잠자는 남자에게 건네준다. 잠자는 남자는 손을 뻗어 중국식 볶음밥을 떠먹는다. 중국식 볶음밥은 그의 마음에 든다. 우리는 접시를 말끔히 비운다. 커피가 온다.

나무딸기 잼

우리는 2013년 12월에 리스본에서 시작하여 스페인을 거쳐 프랑스 브레타뉴로 올라오는 여행을 했다. 3개월 전의 그것이 LA 여행 이전에 있었던 가장 최근의 촬영여행이다. 잠자는 남자는 내가 다시 베를린에 와야 한다고, 그래서 유럽 여행 중에 촬영한 자신의 필름을 내가 봐야 한다고 말한다. 나는 그럴 의무가 있다는 것이다. 내가 베를린에 가지 않은지도 벌써 몇 년이나 지났다. 아마도 나는 언젠가는 다시 베를린에 갈 것이다. 그러나 그것이 언제일지는 나도 모른다.

그날이 오면 우리는 다시 베를린 근교의 별장으로 가서, 무쇠 자물통을 열고 집 안으로 들어가 가장 먼저 황금빛 붓다 상을 꺼내 발코니에 세울 것이다. 그리고 발코니에 흩어진 마른 나뭇잎과 흙먼지, 새와 담비의 흔적들을 치운 후 일광욕 의자를 꺼내 펼치고 몸에 벌레 퇴치용 스프레이와 자외선 차단 스프레이를 뿌릴 것이다. 식탁에 붉은 방수 덮개를 깔고 그 위에 무거운 돌을 몇 개 얹어 놓을 것이다. 그리고 늘 그렇듯이 우리만의 식탁을 차릴 것이다. 아주 두껍고 단단한 껍질을 가진 구수한 호밀빵을 자를 것이다. 마켓에서 사온 우유와 버터, 치즈를 식탁에 올리고 냉장고에 꿀이나 누텔라가 있다면 그것도 가져오고, 잠자는 남자는 자신이 가장 좋아하는 에스프레소 주전자로 커피를 끓일 것이다. 그리고 마지막에 잠자는 남자는 자신이 직접 졸인 검은색 나무딸기 잼을 자랑스럽게 내놓을 것이다.

잠자는 남자는 여름에 고향으로 가면 어머니의 도움을 받아 나무딸기 잼을 직접 졸이곤 한다. 나무딸기 잼을 만들려면 우선 가장 먼저 야생에 지천으로 널려있는 나무딸기 열매를 따 모아야 한다. 그것은 결코 쉽지 않은 일인데, 야생 나무딸기는 가시가 많기 때문이다. 열매는 검은색에 가까울 만큼 짙은 청색이지만, 손바닥에서 으깨어 보면 그 즙은 붉다. 매년 잠자는 남자는 나무딸기 열매를 따느라 손을 다치지만, 그래도 장갑을 끼지 않고 열매를 따는 것이 더 좋다고 말한다. 맨손에 나무딸기의 감촉을 느끼고 싶기 때문이다. 깨끗하게 씻은 나무딸기를 설탕과 함께 졸인다. 불을 조절하는 것은 간단하지 않으므로 이때 어머니의 도움을 받는다.

나무딸기 열매와 꽃잎은 옛날부터 민간에서 약재로 쓰였다고 한다.

열매와 꽃잎에는 이뇨 효과가 있다. 나무딸기 이파리를 명반과 꿀, 약간의 백포도주와 함께 달여서 입안이나 성기 부위의 상처를 씻어내는 의학 비방이 전해진다. 그 액체는 또한 이빨이 빠지는 것과 설사병도 막아준다. 그뿐만 아니라 나무딸기 이파리는 발효시켜서 차로 마시기도 한다.

별장의 부엌은 좁고 냉장고도 소형이라 정식으로 음식을 할 수는 없으므로 우리는 그곳에 머물 때면 늘 그랬듯이 빵과 버터, 치즈와 나무딸기 잼으로 끼니를 해결할 것이다. 간혹 사과를 먹고 하루에 두 번 잠자는 남자가 끓인 에스프레소를 마실 것이다. 부엌의 폭이 아주 좁은 구조이기 때문에 한 사람이 거기서 일을 하고 있으면 다른 사람은 드나들 수가 없다. 한 사람이 부엌에서 일을 하면 다른 사람은 식탁을 차릴 것이다. 하루 종일 우리는 햇빛 아래서 책을 읽고 대화를 나누고, 다시 책을 읽고 그리고 한두 시간 동안 집중해서 각자의 글을 쓸 것이다. 한두 시간 동안 우리는 각자 떨어져서 존재하는 두 명의 작가가 될 것이다.

해가 지기 시작하면 우리는 다시 에스프레소를 끓이고, 빵을 자르고, 버터와 꿀과 나무딸기 잼으로 식사를 할 것이다. 그리고 몸에 해충 퇴치용 스프레이를 뿌린 후에 정원으로 나가 모닥불을 피울 것이다. 잠자는 남자는 언제나 그랬던 것처럼 정원으로 내려앉는 소리 없는 어둠과 아직 반짝이는 빛의 흔적이 남아있는 하늘, 그리고 타닥거리는 불꽃을 촬영할 것이다. 우리는 모닥불 앞에 일광욕 의자를 가져다 놓을 것이다.

우리는 머리를 의자에 기대고 눈을 감을 것이다. 숲에서 지빠귀가 울고 바람은 나무들의 우듬지를 한 번씩 흔들며 지나갈 것이다. 그때마다 불꽃이 춤을 추듯 크게 너울거릴 것이다. 정원의 키 큰 풀들이 땅거미 아래서 불안한 술렁임 소리를 낼 것이다. 풀벌레가 간헐적으로 울고 어디선가 작은 박쥐의 날갯짓 소리가 들릴 것이다. 어린 부엉이가 높은 전나무 가지 위에서 우리를 내려다보고 있을 것이다. 그러다 문득 눈을 뜨면, 세계는 오직 그늘과 실루엣으로만 존재할 것이다. 우리가 알아차리지 못하는 사이 완전한 밤이 찾아오고, 이윽고 불꽃 말고는 아무것도 보이지 않게 될 것이다.

우리는 집 안으로 들어가 거실에서 포도주를 마시면서 잠자는 남자의 필름을 볼 것이다. 잠자는 남자는 그동안 세계의 여러 도시에서 촬영한 엄청난 분량의 필름 중에서 내가 나온 부분을 따로 편집해서 보여줄 것이다. 매번 그런 우리만의 사적인 시사회에서 잠자는 남자가 빠지지 않고 틀어주는 것은 내가 그의 몸에 붓으로 글자를 쓰는 장면이다.

잠자는 남자는 언젠가 한여름에 직접 담근 나무딸기 잼 한 병을 한국으로 부쳐준 적이 있었다. 내가 원한다면 이번 팔월에도 나무딸기 잼을 보내주겠다고 잠자는 남자는 말할 것이다. 나는 원한다고 대답할 것이다.

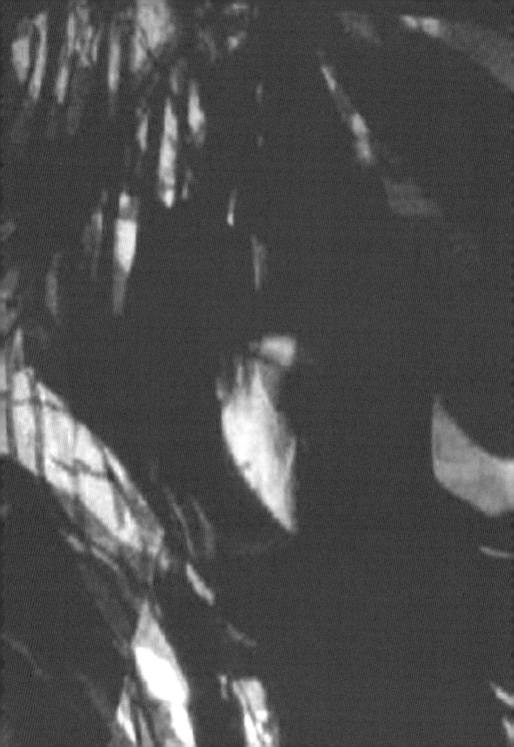

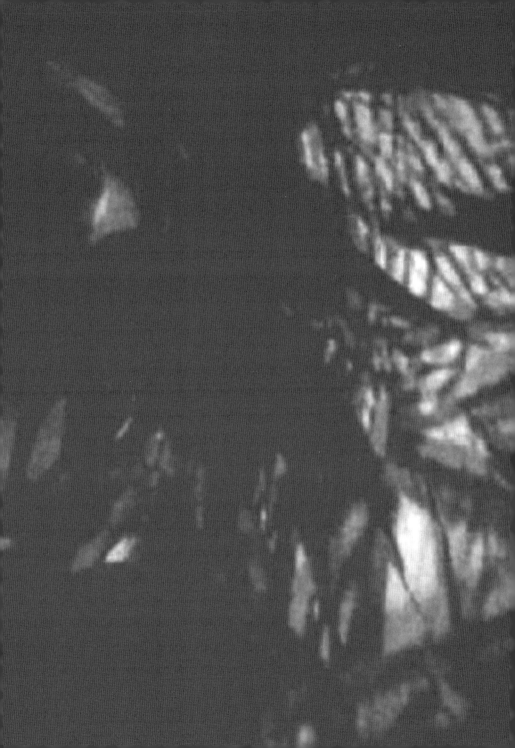

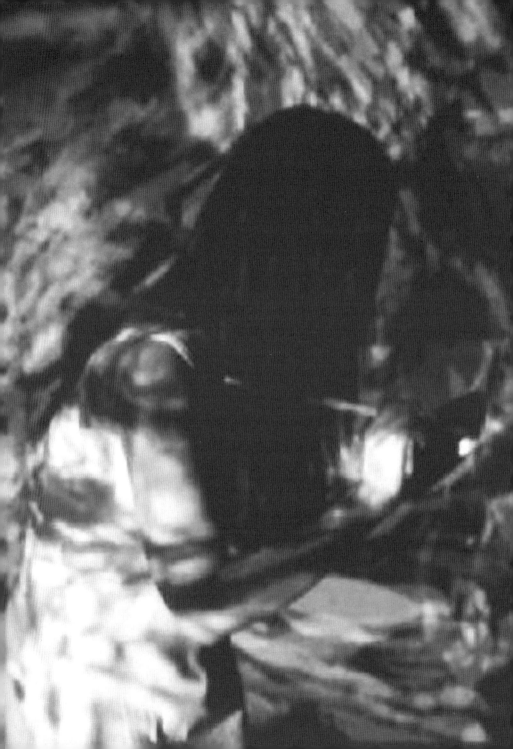

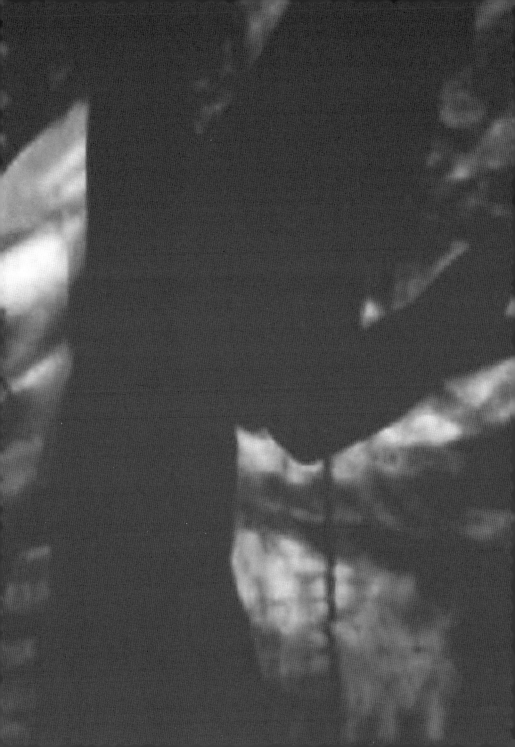

하벨 강변

내가 잠자는 남자를 알기 전에 그의 촬영을 도와주고 여행에도 동행한 사람은 친구인 프란츠였다. 잠자는 남자와 프란츠는 이십 대 초반에 알게 되어 삼십 년 이상 친구로 지냈다. 이른 나이에 작가가 된 잠자는 남자는 자신의 글을 영화로 만들기 시작했고, 대부분의 촬영에서 프란츠의 도움을 받았다.

잠자는 남자와 나, 그리고 프란츠 우리는 단 한 번 셋이서 촬영 작업을 한 적이 있다. 그때 나는 잠자는 남자와 막 친해진 참이었고 프란츠는 네팔 여인인 칼리와 사랑에 빠져서 네팔로 떠나버리기 직전이었다. 우리는 프란츠가 칼리와 함께 살고 있는 하벨 강변의 작은 마을로 갔다.

나는 칼리를 그로부터 2년 전에 처음 보았는데, 그때 그녀는 독일어를 거의 하지 못했다. 그래서 우리는 서로 별다른 대화를 나눌 수 없었다. 다시 만난 칼리는 놀랍게도 겨우 넉 달 동안 지역 시민 교육기관에서 독일어 수업을 받은 것이 전부라고 하는데도 아주 능숙하게 말을 했다. 그녀는 나에게 자신의 가족사를 들려주었는데, 모든 것이 생소하면서도 신기하고도 놀라웠다. 네팔의 시골 마을에서 태어난 칼리는 세 명의 오빠와 한 명의 남동생이 있다. 그런데 그녀에게는 사실 배다른 여동생도 한 명 있는데, 그녀와의 터울은 겨우 6개월밖에 나지 않는다. 그 사연은 이렇다. 칼리가 태어나기 전에 칼리의 어머니는 중병에 걸렸다. 자신이 죽을 거라고 짐작한 어머니는 남편에게, 어차피 아이들을 위해서 새어머니가 필요할 터인데, 그러려면 아주 모르는 남보다는 아이들에게 이모가 되는 자신의 미혼 여동생이 나을 거라고, 그러니 그 여동생을 데려다가 한집에서 살아 달라고 부탁했다는 것이다. 그렇게 하여 칼리의 이모가 아버지의 두 번째 부인으로 집에 들어오게 되자마자 거짓말처럼 어머니의 병이 나았으며, 칼리와 여동생이 각각 태어나게 되었다는 것이다. 칼리는 네팔에서 한 오스트리아인이 경영하는 호텔에서 일을 하다가 그 호텔 주인과 결혼하여 오스트리아로 갔으며, 첫 남편이 죽은 후 다시 네팔로 돌아가 일을 하다가 프란츠를 알게 되었는데 그녀를 따라 오스트리아로 온 그녀의 남동생이 공교롭게도 그녀의 첫 남편의 딸과 결혼하는 바람에, 아버지가 칼리와 결혼한 것을 질투하고 있던 ─ 그녀는 그 감정을 질투라고 표현했다 ─ 첫 남편의 딸이 그녀를 만나려고 하지 않을 뿐 아니라 남동생이 그녀와 만나는 것조차 싫어하므로 외국 생활을 하면서 가족이 그리운 칼리는 슬프다는 것이다. 나는 놀라서 입을 벌린 채 그 얘기를 듣고 있었다. 이야기의 내용 자체도 신기했지만 많지 않은 어휘로 그토록 복잡한 관련 사항들을 술술 풀어낼 줄 아는 그녀의 능력이 감탄스러웠다.

도착한 첫날밤 우리는 프란츠의 집 정원 한구석에 모닥불을 피우고 둘러앉아 차를 마셨다. 그때 먹과 숯으로 이루어진 듯이 깜깜한 어둠 저편에서 정적을 뚫고 기묘한 비명이 들려왔는데, 그것은 둔하고 굵은 목소리로 내지르는 집단적인 고함처럼, 혹은 산기슭에 사는 수많은 개가 목이 쉰 채 일제히 웅성거리며 짖어대는 소리처럼 들렸다. 프란츠는 그것이 호수에서 들려오는 기러기떼의 울음이라고 했다.

하벨 강변은 원래 이끼로 뒤덮인 늪지대가 융기하여 형성된 곳으로 독일과 중부유럽을 통틀어 가장 물이 풍부한 지역에 속하며 철새들의 주요 경유지이다. 특히 가을과 이른 봄에는 10만여 마리를 헤아리는 기러기떼들이 머물기도 한다고 강변의 나무 게시판에 적혀있었다. 마을 밖으로는 건초를 베어낸 너른 벌판이 펼쳐졌다. 물기에 젖은 부드러운 강기슭을 따라 키 큰 갈대숲과 보랏빛 엉겅퀴, 버드나무와 포플러가 흩어져 있었다. 바람이 불어올 때마다 가까운 곳에서 갈대들이 마른 몸을 미친 듯이 스치는 소리가 들려왔다. 나는 갈대숲의 소리가 그토록 강하게 귀를 파고든다는 것을 알지 못했다. 햇살을 받은 강물은 진한 초록빛과 검은빛으로 넘실댔다.

잠자는 남자와 나는 들판을 산책하는 동안 수많은 기러기와 까마귀, 야생오리와 키 낮은 대나무숲, 버려진 보트 등 여러 가지 대상들을 만났지만, 단 한 명의 사람도 마주치지 못했다. 단지 한 마리 윤기나는 검은 털의 강아지가, 어디에서인지 알 수 없는 곳에서 그야말로 갑자기 나타나 온 열정을 다해 우리를 쫓아 다녔으며, 에너지 넘치는 몸짓으로 마치 우리와 사랑에 빠지기라도 한 듯이 굴었던 것을 기억한다. 강아지의 목에 목걸이가 채워져 있지 않았더라면 기꺼이 베를린으로 데려오고 싶을 정도였다. 강아지는 집으로 돌아갈 생각을 하지 않고 우리가 머무는 마을의 호텔까지 따라왔고, 방문을 열어주자 내 방에도 기꺼이 들어와 주저 없이 돌아다녔다.

잠자는 남자는 프란츠와 호텔 주인에게 그 강아지가 누구의 것인지 물었고, 그래서 마침내 강아지가 그곳에 사는 한 여류작가의 소유라는 것을 밝혀냈다. 그런데 다음날 프란츠는 이상한 이야기를 전했다. 잠자는 남자와 내가 강아지를 일부러 유인했다는 소문이 마을에 퍼져 있다는 것이다. 그것은 사실이 아니다. 대부분의 주민이 은퇴자라고 하는, 적막하기만 한 그 마을에서 프란츠 가족과 호텔 여주인 이외에 우리는 단 한 명의 사람도 마주치지 않았는데, 그들은 어떻게 그런 추측까지 할 수 있었는지 궁금하다. 내가 강아지를 쓰다듬는 것을, 마을 사람들 모두

가 가려진 커튼 뒤편에 숨어서 몰래 지켜보고 있었던 것일까. 그날 이후로 검은 강아지는 우리 앞에 다시 나타나지 않았다.

물을 무척 좋아하는 잠자는 남자는 다음날 낮에 날씨가 꽤 싸늘함에도 불구하고 잠시 동안 강물에서 수영을 했다. 물 밖으로 나온 그는 온몸에서 물을 뚝뚝 떨어뜨리며 강가에 펼쳐놓은 일광용 타월 위에 똑바로 누워 하늘을 향한 채 오랫동안 가만히 눈을 감고 있었다.

잠자는 남자와 나와 프란츠는 프란츠의 조그만 쪽배에 올라탔다. 세 사람이 올라타자 배는 중심을 잃고 매우 흔들렸기 때문에 나는 배가 뒤집어질까봐 두려워졌다. 하지만 강물은 그다지 깊어 보이지는 않았다. 배는 자주 물속의 수초에 걸려 멈추어 섰고, 그때마다 프란츠가 배에서 내려 허리까지 오는 강물에 몸을 담그고 배를 밀었다. 우리는 강변의 죽은 나무 앞에서 배를 멈추었다. 잠자는 남자는 나에게 물속을 들여다보며 그 순간 머리에 즉흥적으로 떠오르는 내용을 이야기해달라고 했다. 무슨 말이든지 괜찮고, 독일어든 한국어든 상관없다고 했다.

한동안 사방은 고요했다. 물살이 찰랑거리는 가벼운 소리와 주저하는 내 목소리만이 들려올 뿐이다.

나는 카메라 앞에서 오래오래 말했고, 잠자는 남자는 그것을 촬영했으며 프란츠는 노를 저었다.

잠자는 남자의 카메라가 나를 향하고 있을 때라도 그가 찍는 것은 반드시 내 모습은 아니었다. 그는 종종 내 뒤편을, 내 뒤로 날아가는 새들을, 하늘을, 죽은 나무들을, 그리고 내 귀와 머리카락을 스쳐 지나가는 햇빛만을 찍을 때도 많았다. 하지만 그것을 찍기 위해서 그는 내 언어가, 내 목소리가 풍경의 일부를 이루어주어야 한다고 주장했다. 처음으로 그가 촬영한 내 모습을 보았을 때는 충격에 가까운 느낌을 받았다. 그의 필름 속에서 나는 전혀 아름답지 않을 뿐 아니라, 심지어는 아주 흉하게 보이는 경우도 결코 드물지 않았다. 잠자는 남자는 그것이 중요하지 않다고 주장했다. 심지어 그는, 전형적인 미인의 얼굴은 내 영화를 지루하게 만들 거야, 라고 말하기도 했다. 처음에 나는 그것을 이해하지 못했다. 나는 배우가 아니기 때문이다. 물론 여전히 나는 공식적인 배우가 아니지만, 이제는 그를 이해할 수 있다.

해가 진 다음 그가 나를 혼자 보트에 태우고 보트에 불을 붙여 그 불꽃 한가운데 있는 장면을 찍겠다고 했을 때 나는 겁이 났다. 휘발유를 뒤집어쓴 보트가 나를 실은 채 순식간에 활활 불이 붙어 버릴지도 모른다고 생각했기 때문이다. 잠자는 남자는 강변에 카메라를 설치했고, 프란츠는 보트 가장자리에 빙 둘러가며 휘발유를 뿌렸다. 그리고 성냥을 갖다 대자 보트에는 불이 붙었으나 불꽃은 생각만큼 크게 타오르지 않았고, 잠자는 남자가 원래 머릿속에서 계획한, 드높이 활활 타오르는 영감의 불꽃 가운에 앉아있는 뮤즈의 모습에는 턱없이 부족하기만 했다. 그래서 잠자는 남자는 프란츠에게 휘발유를 더욱 많이 뿌리라고 했고,

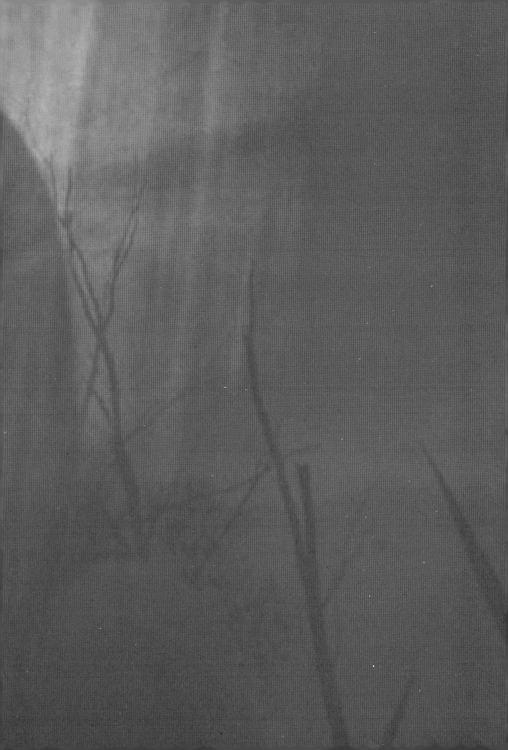

나는 보트가 침몰할지도 모른다는 두려움에 더하여 지독한 휘발유 냄새에 시달리기까지 했으므로 촬영에 집중할 수가 없었다. 그런 상태로는 뮤즈는커녕 화재가 난 난파선에서 빠져나오려고 허둥대는 피난민처럼 보일지도 몰랐다. 그리고 남자 예술가에게 영감을 주는 뮤즈 이미지란, 지금 이 시대의 여자들에게는 충분히 의심스러운 소재이기도 했다. 그래서 잠자는 남자에게 그런 점을 이야기했으나, 잠자는 남자는 고집을 꺾지 않았다.

밤에 우리는 호텔에 딸려있는 커다란 헛간을 빌려서 낮에 촬영한 영상을 헛간의 벽에 비추었다. 소리가 없는 흑백 영상 속에서 커다랗게 확대된 강의 갈대들은 끊임없이 온몸으로 술렁였다. 그 벽 앞에 나와 잠자는 남자가 있었다. 내가 입은 흰 원피스를, 잠자는 남자의 몸을, 갈대들의 그림자가 뒤덮었다. 나는 잠자는 남자의 벗은 상반신에 붓으로 글자를 썼다. 그런 다음 우리는 기괴하게 확대된 갈대들의 그림자에 싸인 채 느리게 춤을 추었다. 마치 새처럼. 프란츠가 우리의 모습을 촬영했다. 잠자는 남자는 이 장면을 무척 마음에 들어 했다. 내가 그 이유를 묻자 잠자는 남자는, 자신은 이때 태어나서 처음으로 춤을 추어본 것이라고 대답했다.

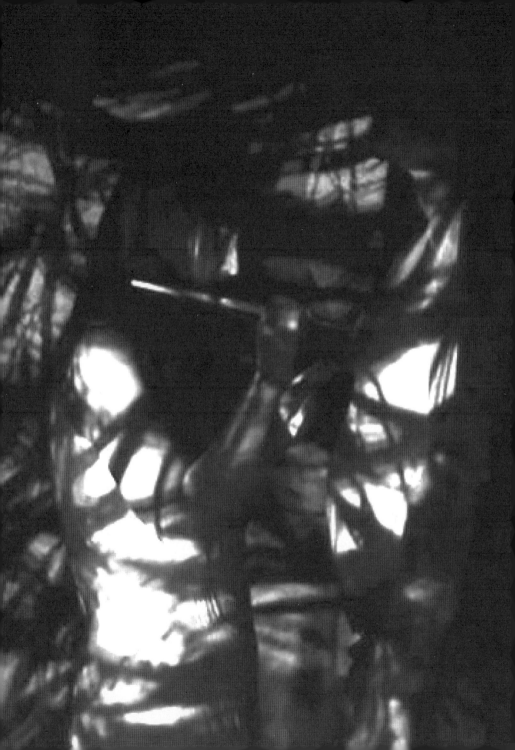

황금색 드레스

　잠자는 남자는 종종 나 자신은 이제 더 이상 기억하지 못하는 우리들의 필름 이야기를 하곤 한다. 우리가 함께 촬영하러 다니던 초창기, 내가 소매 없는 황금색 드레스를 입고 밤의 들판을 홀로 가로질러 걸어갔다는 것이다. 그 모습을 다시 찍고 싶다고 종종 말하곤 한다. 하지만 나는 정확히 어떤 장면인지 기억나지 않는다. 내가 어느 날 밤, 드넓게 펼쳐진 들판 한가운데를 걸어갔고, 그의 카메라가 어디선가 나를 찍었던 적은 분명 있을 것이다. 하지만 늘 그랬듯이 우리는 같은 장면을 약간씩 변형하여 여러 번 촬영했을 것이고, 나는 그 필름을 본 적조차 없으므로 정확히 어떤 모습을 말하는 것인지 상상할 수가 없다. 다음번 촬영을 할 때는 그날의 황금색 드레스를 가져온다면 좋을 텐데, 하고 잠자는 남자는 말한다. 하지만 나는 황금색 드레스라는 물건을 아예 가지고 있지 않다. 그렇다면 그날 내가 입었다는 황금색 드레스는 도대체 뭐란 말인가. 그날 잠자는 남자가 촬영한 황금색 드레스 차림의 여자는 어쩌면 내가 아닐지도 모른다. 어두운 밤, 흐릿한 달빛 아래의 실루엣뿐이라면, 그가 다른 여배우를 나와 혼동하는 것도 충분히 가능하다. 하지만 잠자는 남자는 그것이 분명히 나였다고 주장한다. 그날 우리는 잠자는 남자의 고향 들판으로 가서 촬영을 했다. 나와 칼리가 카메라 앞에 섰다. 우리가 그날 낮에 촬영했을 때 나는 흰색 드레스를 입었고, 그것이 내가 갖고 있던 유일한 드레스였다. 칼리는 화려한 금박 장식이 달린 붉은 네팔 민속 의상을 입었다. 어쩌면 내가 입고 있었다는 황금색 드레스는 칼리의 것이었을지도 모른다. 그날 밤, 나는 막 잠이 들려는 참이었는데, 밖에서 야간 촬영을 하던 잠자는 남자가 들어와서 나를 깨웠다. 지금 들판의 밤이 놀라워. 하고 잠자는 남자는 좀 흥분한 목소리로 말했다. 지금 당장 드레스를 입고 들판을 걸어주었으면 좋겠어. 하지만 나는 잠자리에 든 참이었기 때문에 준비를 하려면 시간이 걸린다고 대답했다. 저녁 식사 자리에서 포도주 반 잔을 마셨기 때문에 피곤하기도 하도 솔직히 좀 귀찮기도 했다. 그러나 잠자는 남자는, 멀리서 실루엣 위주로 찍을 것이므로 머리를 빗거나 화장을 할 필요는 전혀 없다고 말했다. 그러면서, 긴 드레스, 긴 드레스만을 입으면 된다고 했다. 흐릿하게 번진 달무리의 그림자 아래서. 그늘진 밤의 들판 한가운데서. 하지만 내가 갖고 있는 옷은 낮에 입었던 흰 드레스뿐이었고 그것은 달과 밤의 분위기에 어울릴 만큼 충분히 길지 않았다. 내가 곤란한 표정을 짓자, 잠자는 남자가 갑자기, 좋은 생각이 있다고, 칼리에게 빌리면 되겠다고 했다. 칼리가 드레스를 여러 벌 가져왔다는 말을 들었다고 했다.

그래서 어쩌면 나는 칼리의 황금색 드레스를 빌려 입고 밤의 어두운 들판을 가로질러 강가로 걸어갔는지도 모른다. 살짝 몽롱한 포도주의 기운과 미완의 잠에 취한 채. 그날 밤 나는 누군가의 외침에 우연히 고개를 쳐들어 하늘을 보았고, 수십 개의 별똥별이 떨어졌다. 나는 그것이 꿈이라고 생각했다. 그래서 지금 나는 그날 밤의 촬영이 전혀 기억나지 않는 것이리라.

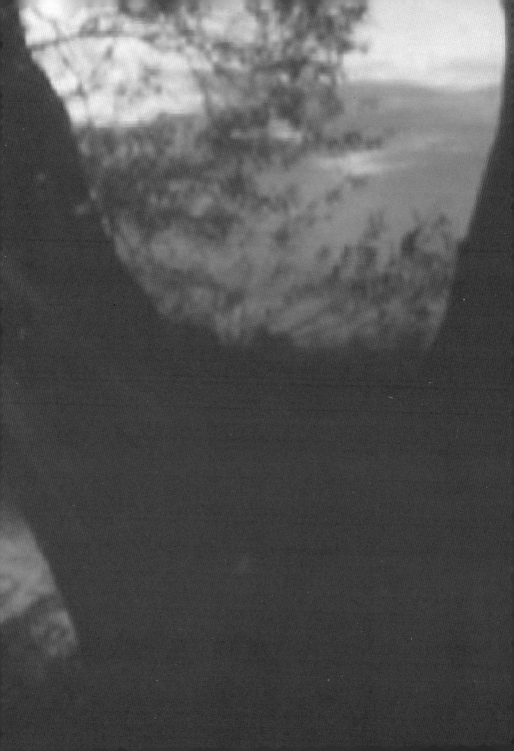

다시 할리우드 드림 호텔로

믿을 수 없는 일이지만, 오렌지카운티의 호텔을 떠난 우리는 렌터카를 반납하고 다시 할리우드 드림 호텔로 돌아온다. 우리는 이층의 같은 객실에 머문다. 실내로 들어서는 순간 변함없는 가스 냄새가 우리를 맞는다. 나는 예전과 마찬가지로 객실의 모든 창을 열고. 특히 욕실의 창을 닫아놓지 않도록 주의한다. 하지만 그러자면 샤워를 할 때 90도 방향으로 나 있는 옆 객실의 창에서 보이지 않도록 샤워커튼을 세심하게 쳐야만 한다.

우리는 데쓰 밸리로 떠나기 전의 그 시간 그대로 되돌아온다. 나는 커피 끓일 물을 불에 올리고 여행 가방에서 커피 봉지를 꺼내 가루를 커피 포트에 털어 넣는다. 잠자는 남자는 창가 소파에서 콜라주 작업을 시작한다. 그는 풀이 다 떨어졌는데 새로 사 놓은 풀이 아무리 찾아도 보이지 않는다고 투덜거린다. 나는 잠자는 남자가 가져온 책 중에서 손에 잡히는 대로 한 권을 들고 아무 페이지나 펼쳐서 읽는다. 우연히도 그것은 어느 해 겨울, 뮌헨에서 파리까지 20여 일간을 걸어서 갔던 한 여행자의 일지이다. 나는 그 우연이 마음에 든다. 창밖 파라마운트사의 주차장에서는 여전히 대형 트럭의 소음이 들려오고, 소파는 딱딱하며 창가를 제외한 실내의 빛은 흐릿하다. 우리는 별다른 대화를 나누지 않는다. 내가 책장을 넘기는 소리, 잠자는 남자의 펜이 스케치북 위를 사각거리며 움직이는 소리뿐이다. 그러나 우리는 이 저녁이 편하고 좋다. 마치 집으로 돌아온 듯한 기분이다. 주전자의 물이 끓어 넘친다. 나는 책을 접고 부엌으로 가서 주전자의 물을 커피 가루가 든 포트에 따른다. 그리고 다시 자리로 돌아와 접었던 책을 펼쳐 든다. 하지만 조금 전까지 읽던 페이지를 찾을 수가 없다. 그래서 다시 아무렇게나 펼쳐진 그 페이지를 그냥 읽기 시작한다. 매일매일 일기 형식으로 적혀 있으므로 그렇게 읽어도 큰 상관은 없다. 하지만 그래도, 나는 잠자는 남자가 작업하면서 펼쳐놓은 그림엽서 중에서 아무것이나 한 장을 집어 들고 그것을 서표로 활용하리라고 마음먹는다. 잠자는 남자는 잠시 눈길을 들고, 그 엽서를 너에게 선물하겠어, 라는 눈빛을 보낸다. 우리는 더 이상 말을 할 필요가 없다. 나는 다시 일어서서 부엌으로 가서 체가 달린 피스톤 모양의 커피포트 뚜껑을 깊이 내려 커피 가루를 커피와 분리시킨다. 그리고 두 개의 잔에 커피를 따른다. 이런 종류의 커피 도구를 프렌치 프레스라고 부른다. 아마도 프랑스 사람이 최초로 고안한 방법이라서 그런 것 같다. 프렌치 프레스로 만든 커피는 다른 방식에 비해 아무래도 고운 커피 입자가 커피 속에 잔류하게 되는데, 잠자는 남자는 말끔하게 필터링 된 커피보다 이런 커피를 더 선호한다.

저녁이 되면서 창으로 스며드는 햇살이 잠자는 남자의 이마에 날카로운 경사를 이룬다.

만약 이곳이 우리가 함께 사는 집이라면, 가장 먼저 나는 저녁마다 석양빛이 강하게 들어오는 창에 커튼을 달고 거실 장식장 위의 전자레인지를 치워버리고 그 자리에 꽃이 담긴 화병을 얹어놓을 것이다.

우리는 산책을 나선다. 늘 그랬던 것처럼 선셋 대로로 나간다. 하루의 이맘때면 잠자는 남자는 밖으로 나가 카메라를 꺼내지 않고는 견디지 못한다. 우리는 타이 레스토랑으로 가는 대신에 멕시코 식료품점에 들러 호박, 가지 양파와 달걀 그리고 빵을 산다. 과일이 있지만 처음 보는 것이라 맛이 어떨지 몰라 사지 못한다. 우리는 손에 장바구니를 들고 웃으면서 간다. 길가에는 대문 앞에 대형 폐기물을 내놓은 집들이 간혹 보인다. 우리는 커다란 소파를 보면서 간다. 푹신해 보이는 일인용 카우치도 있고, 다리가 망가진 책상도 있다. 매트리스도 있고 심지어는 화장실 변기도 있다. 어쨌든 지금 우리의 할리우드 드림 호텔에 있는 가구보다는 나아 보이는 것들이다. 여기 있는 물건들을 가져가도 방 하나인 아파트쯤은 거뜬히 채울 수 있을 거라고 잠자는 남자가 농담을 한다.

집으로 돌아온 나는 야채를 씻고 다듬어서 요리를 한다. 바닥이 온통 찌그러진 냄비에 달걀과 가지를 삶고 코팅이 완전히 일어나서 너덜너덜한 프라이팬에 양파와 호박을 볶는다. 호텔 찬장에 있는 소금과 후추를 뿌린다. 크고 넓적하게 자른 빵 위에 요리한 야채를 얹어서 먹는다.

저녁 식사 후 나는 침실에서 로맨스 소설을 쓰기 시작하고 잠자는 남자는 거실에서 시나리오 작업에 몰두한다. 잠자는 남자는 고향의 어머니와 통화를 한다. 나는 소설 속 연인들에 대해서 묘사하려고 한다. 그러나 완전히 다른 종류의 단어들, 사랑과 무관해 보이는 단어들이 내 머릿속을 떠다닌다.

잠자는 남자가 침실로 와서 말없이 침대 가장자리에 앉는다. 그는 이미 오래전부터 만나지 못한 삼촌이 있다. 사실 정확히 말하면 친척 관계는 아니었지만 가족이나 마찬가지로 친밀했고, 또 어린 그에게 크나큰 영향을 주었던 한 사람이다. 잠자는 남자는 할아버지 대부터 집안의 하인이었던 그 사람을 항상 삼촌이라고 불렀다. 삼촌은 어느 날 미국으로 갔다. 하나뿐인 딸이 미군과 결혼하여 LA로 이주해 갔는데, 아버지를 미국으로 부르고 싶어 했기 때문이다. 그리고 잠자는 남자는 삼촌을 다시는 만나지 못한다. 미국으로 갈 때도 나이가 많았던 삼촌은 당시에 이미 징후를 보이기 시작했는데, 이후 미국에서 알츠하이머에 걸려

요양원에서 지낸다는 소식을 들은 것이 전부이다. 잠자는 남자는 그동안 나에게도 삼촌에 관해서 종종 이야기했는데, 항상 그를 친근하게 '삼촌'이라는 호칭으로 불렀으므로 나는 그가 잠자는 남자의 진짜 삼촌인 줄 알고 있었다.

지금도 여전히 잠자는 남자는 그를 삼촌이라고 부른다.

잠자는 남자가 이십 대 초반에 처음으로 쓴 책은 삼촌에 관한 것이고 잠자는 남자가 처음으로 만든 영화는 오직 유일한 출연자인 삼촌의 모놀로그만으로 이루어지는, 강한 콘트라스트의 흑백 다큐멘터리 필름이다. 영화에서 삼촌은 이 세계의 최초와 대홍수를 목격한 경험에 대하여, 어머니로부터 버림받은 어린 시절에 대하여, 전쟁에 대하여, 신과 성인들에 대하여, 그리고 앞으로 자신에게 선사 될 신의 입맞춤 – 죽음 – 에 대하여 그 자신의 언어로 이야기한다.

선천적인 소아마비 환자인 삼촌은 오른쪽 다리를 절었고, 그래서 항상 몸이 오른쪽으로 비틀려 있었으며 늘 지팡이를 짚고 다녔다. 그러나 행동에 지장이 있는 건 아니었다. 게다가 동작이 매우 재빨라서, 삼촌이 건초를 베어낸 텅 빈 들판을 가로질러 갈 때, 우리는 결코 그의 걸음을 따라잡지 못할 거라고 잠자는 남자는 덧붙인다.

매우 경이로운 인연으로 맺어진 삼촌의 결혼생활은 젊은 아내가 출산 시 과다출혈로 죽는 바람에 십일 개월 만에 끝나고, 이후 삼촌은 들판 가운데 있는 작은 사냥꾼의 오두막에서 홀로 살았다. 삼촌의 유일한

낙은 텔레비전 시청이었다. 삼촌은 읽을 줄도 쓸 줄도 몰랐다. 그런 삼촌으로부터 잠자는 남자는 최초로 글쓰기의 영감을 얻었다.

그래서 자신은 이번 LA 여행을 준비하면서, 문득 삼촌을 한번 찾아보자는 생각이 떠올랐다고, 잠자는 남자는 말한다. 그래서 어머니에게 전화를 걸어서, 삼촌의 요양원 주소를 수소문해서 알아봐 달라고 부탁한다. 이미 수년 전에 삼촌의 딸과는 완전히 연락이 끊겼기 때문이다. 하지만 삼촌 딸 남편의 미국 친척들 전화번호가 집안 어딘가에 있을지도 모른다. 어머니는 알아보겠노라고 대답한다. 하지만 얘야, 어쩌면 삼촌은 이미 이 세상 사람이 아닐지도 몰라. 하고 어머니는 말한다. 어머니는 그렇게 믿고 있었다. 살아있다면 백 살이 가까운 나이이기 때문이다. 어쩌면 백 살이 넘었을지도 모른다. 삼촌은 소아마비 이외에도 알츠하이머와 천식 등 여러 가지 병을 앓고 있었다. 하지만 최근 들어 잠자는 남자는 삼촌이 살아있을 거라는 예감이 점점 강해지는 중이다.

그래서 어머니가 삼촌의 요양원 주소를 알아냈느냐고 내가 묻는다.

그렇다고 잠자는 남자는 대답한다.

오 그렇다면 네 생각대로 정말로 삼촌이 살아있었던 거로구나.

삼촌은 살아있었어. 잠자는 남자는 잔잔하게 미소를 지으며, 고개를 끄덕인다.

삼촌은 살아있었다고, 바로 며칠 전까지는. 우리가 데쓰 밸리에 있을 때 삼촌은 LA 변두리의 한 요양원에서 이유 없는 호흡곤란으로 세상을 떠났다고, 그 소식을 방금 어머니로부터 전해 들었다고 잠자는 남자는 말한다.

박물관의 검은 티셔츠

잠자는 남자는 거의 예외 없이 검은 옷만을 입고 다닌다. 검은 티셔츠에 검은 겉옷과 검은 바지. 그리고 날이 추울 때는 검은 재킷을 걸친다. 구두와 벨트도 검은색이며 간혹 쓰고 다니는 펠트 중절모도 물론 검은색이다. 카메라는 항상 검은 배낭에 넣고 다닌다. 잠자는 남자의 여행 가방을 열면, 거기에는 입을 것이라곤 약간의 속옷과 양말을 제외하면 오직 검은색 티셔츠뿐일 때가 많다. 심지어 티셔츠들은 서너 개가 모두 똑같은 디자인이다. 그래서 그가 매일 티셔츠를 갈아입음에도 불구하고 항상 같은 옷을 입고 다닌다는 인상을 준다. 그의 티셔츠는 모두 예외 없이 박물관에서 구입한 것들이다. 인도, 중국, 일본, 이집트, 아메리카, 그리고 유럽. 잠자는 남자는 모종의 룰을 파악하고 있다. 즉, 대개의 대도시 국립박물관에는 근사한 박물관 숍이 있다. 그리고 그런 숍에는 반드시 에스닉한 문양이 새겨진 티셔츠를 파는데, 그중에는 반드시 검은색이 있다. 적어도 잠자는 남자와 내가 함께 방문한 박물관 숍에서 우리는 예외를 만나지 못했다. 잠자는 남자는 그런 검은 반팔 티셔츠를 같은 모양으로 한꺼번에 서너 장을 산다. 그리고 독일에서나 외국에서나 항상 그것만을 입는다. 반팔 티셔츠 위에 검은 겉옷. 날이 추워지면 티셔츠 위에 단 하나뿐인 검은 풀오버를 걸치고 그 위에 겉옷을 입는다. 겨울이 되면 풀오버 위에 겉옷 대신 솜이 들어간 검은 재킷을 입는다. 이번 여행에서 우리가 그랜드 캐니언 비지터 센터의 숍에 들렀을 때, 잠자는 남자는 검은색이 아닌 갈색 티셔츠를 산다. 이것은 아주 예외적인 사건이다. 기이하게도 그곳은 검은 티셔츠가 없기 때문이다.

민속학에 관심이 많긴 하지만 박물관 티셔츠의 천편일률적인 사각형 모양이 마음에 들지 않는 나는 티셔츠를 사지 않는다.

잠자는 남자는 옷을 많이 갖고 있지 않고, 몇 가지 티셔츠를 집중적으로 입다가 낡으면 버리고 새로운 박물관 티셔츠를 입는다. 내가 그를 처음 만났을 때 그는 항상 상형문자 무늬가 들어간 이집트 티셔츠를 입고 있었다. 때로는 고대 점성술사들이 그렸다는 황도대 문양의 검은 티셔츠를 입기도 했다. 하지만 이제 그가 입는 것은 중국 상하이 박물관에서 샀던 검은 티셔츠이다. 거기 새겨진 무늬는 내 추측에 의하면 중국의 갑골문자인 듯하다. 잠자는 남자는 상하이 티셔츠가 아주 마음에 들어서 무려 열 벌이나 샀고, 선물로 나누어 준 두세 벌을 제외하면 전부 자신이 입고 다닌다.

하지만 집에 있을 때 잠자는 남자는 좀 다르다. 집에서 글을 쓸 때, 그는 선명한 푸른색의 커다란 판초를 입는다. 판초는 카펫처럼 두껍고 촉감이 단단하여 마치 인디언의 텐트를 뒤집어쓰고 있는 것 같다. 그것은 그의 작업복이다. 푸른색 판초 차림으로, 높은 푸른색 책상에 서서 그는 글을 쓴다. 나는 예전에는 서서 글 쓰는 책상을 한 번도 본 일이 없다. 서서 글 쓰는 작가에 대해서 한 번도 들어본 일이 없다. 하지만 잠자는 남자는 그렇게 한다. 그 책상은 키가 적어도 180센티가 되는 남자에게 맞추어서 설계된 것이므로 나는 발판을 디디고 올라서야만 글을 쓸 수 있다. 물론 나는 서서 글 쓰는 일에 익숙하지 않으므로 그 책상에서 작업을 한 적은 없다.

잠자는 남자는 그 책상을 이십 대의 어느 날 손수 만들었다. 그 당시의 여자 친구와 함께.

우리는 종종 작업복에 관해서 이야기를 나누곤 한다.

그것은 여행을 떠나지 않을 때 각자의 삶에 관해서 이야기를 나누는 것과 같다. 여행지에서는 작업복을 따로 입지 않고, 작업실이나 책상도 없이 소파나 침대에서 엎드린 채로 글을 쓰는 일이 흔하기 때문이다. 여행 중일 때 우리의 주된 관심사는 촬영이다. 물론 숙소에서 글을 쓰면서 하루 종일 보낼 때도 종종 있지만, 그래도 촬영의 기회를 찾는 것이 우선이다. 여행 중일 때 잠자는 남자는 서서 글 쓰는 책상을 고집하지 않고 나도 폭이 넓은 면 드레스를 고집하지 못한다. 우리는 최소한의 환경에서, 최소한의 공간에서, 한 개의 희미한 독서 램프 불빛을 나누어가며 함께 일한다.

나는 내가 작업할 때 즐겨 입는 옷 몇 벌을, 내가 작업용 드레스라고 부르는 그것을 사진으로 찍어 잠자는 남자에게 보내준 적이 있다. 그는 우리가 작업복을 입고 글을 쓰는 장면을 촬영하고 싶어 한다. 하지만 호텔 방에서 그것은 불가능하다. 잠자는 남자는 언젠가 교외 별장의 거실을 말끔히 치우고 싶어 한다. 지금은 온갖 잡동사니가 가득하여 탁자를 따로 들여놓을 공간이 없다. 그곳을 거실로 꾸미고 서로의 작업 모습을 필름에 담을 수 있으리란 기대를 한다. 서로가 가장 즐겨 입는 작업복 차림으로.

LA에서의 마지막 날, 우리는 지도를 보고 가장 가까운 박물관을 찾아간다. 우리는 차가 없고, 버스 정류장에서 하염없이 기다린 날 이후 다시 버스를 타기가 두려웠으므로 걸어서 갈 수 있는 박물관을 찾는다. 지도에 의하면 그것은 로스앤젤레스 카운티 뮤지엄 오브 아트(LACMA)이다. 우리는 한 시간을 걸어 그곳에 도착한다. 박물관 앞에 도착해서는 근처 카페에서 커피를 마시며 숨을 돌려야만 한다. 그런데 공교롭게도 하필 그날은 박물관의 휴관이라고 한다. 그날은 수요일이다. 잠자는 남자도 나도 박물관이 수요일에 문을 닫으리라고는 예상하지 못했다.
만약 수요일 휴관을 알았더라면 하루 전날 방문했을 것이다. 수요일은
우리가 LA에서 머무는 마지막 날이다. 그리하여 LA는 우리가 박물관
을 한 번도 가보지 못한 도시로 남는다. 잠자는 남자는 LACMA의 검은
티셔츠를 사지 못한다.

사랑에 대하여

나는 잠자는 남자에게 말한다.

Imagine.

상상해봐. 너에게는 9년 동안이나 연인 관계를 유지하고 있었던 사랑하는 여자가 있었어. 너희는 결혼할 생각이 없고, 동거도 하지 않으면서, 하지만 같은 건물의 다른 아파트먼트에 각자의 공간을 유지하면서 지내왔어. 서로의 사생활을 나누면서 말이야. 그런데 어느 날 여자가 일 때문에 홀로 떠난 여행 중에 갑자기 다른 남자와 사랑에 빠졌다면서 너를 떠났다고 한번 상상해봐. 그리고 상상해봐. 그녀가 일 년쯤 지난 다음에 새로운 애인과의 사이에 문제가 생겨서 다시 너에게 돌아왔다고. 그러면 너는 여전히 그녀를 사랑할 수 있을까. 너에게 새로운 여자친구가 생기지 않았다는 전제하에서.

잠자는 남자는 스케치북에서 고개를 들고 대답한다. 나라면 그녀가 돌아왔다는 사실에 진정 기뻐하겠어.

잠자는 남자는 번뇌 없는 평온한 얼굴로 대답한다.

잠자는 남자는 자신이 가장 두려워하는 것은 일상이라고 말한다. 일상은 사랑을 박멸하기 때문이다. 일상은 심지어 배신마저도 박멸하기 때문이다.

잠자는 남자는 잠시 후에, 조금 전의 그 질문은 내가 쓰고 있는 로맨스 소설의 줄거리냐고 묻는다. 나는 그렇다고 대답한다. 나는 이미 하나의 신을 완성하기도 했다. 나는 그 부분을 잠자는 남자에게 읽어서 들려준다. 내 텍스트는 한국어이나, 잠자는 남자는 진지하게 그것을 경청한다.

그들은 프랑스 브르타뉴 바닷가의 폐허에 있었다. 멘히르 석상이 있는 황량한 곳이다. 그들은 석기인들이 그랬던 것처럼, 해안을 따라 여행했다. 그날 그들이 도착한 곳은 브르타뉴의 가장 서쪽 끝, 카마레의 바닷가였다. 그곳에는 프랑스의 시인 생-폴-루 saint-pol-roux의 저택 폐허가 있었다. 전쟁 중 침입해온 독일군에 의해서 그의 저택은 약탈당하고 원고들은 훼손되었으며 그의 딸마저도 강간당했다. 그것은 엄청난 비극이어서 마음이 아프다고 남자는 말했다. 마음 아픈 사건이긴 하지만 전쟁 중에 강간당하거ㅏ 죽은 여자들의 비참한 사례가 한둘이 아닌데 - 홀로코스트나 난징학살을 굳이 예로 들지 않더라도 이 한적한 바닷가 아름다운 저택에서 유명 시인의 딸이 강간당한 것이 다른 사례들보다 더욱 가슴 아파야 하는 거냐고 여자가 물었다. 그녀가 네가 좋아하는 초현실주의 시인의 딸이라서 수천 개의 산더미 같은 이 세계의 비극 중에서도 더욱 돋보이는 비극이어야 하는 거냐고 여자가 물었다. 여자의 어투는 무심했으나 남자의 민감한 마음은 상처를 받았다. 여자가 자신과 다른 의견을 가져서가 아니라, 그녀가 비극으로부터, 고통으로부터, 그리고 남자 자신으로부터 거리를 유지하려 한다는 느낌 때문이다. 남자는 그럼에도 불구하고 하나의 고통은 우주 전체의 고통이라고 말했다. 왜냐하면 고통의 순간에 고통은 절대적이기 때문이다. 반면에 여자는 인간은 원래 고통의 존재라고 반박했다. 그러므로 하나의 고통은 다른 고통보다 더욱 고통스러울 수가 없고, 서로 구별될 수도 없다고. 남자는 여자의 말이 공허하고 원론적이라고 느꼈고 여자는 남자의 주장이 자기중심적이라고 느꼈다. 마음이 멀어진 그들은 자신도 모르는 사이 잡고 있던 손을 놓았다. 하지만 남자의 체온이 자신에게서 멀어지는 그 순간, 여자는 갑자기 그를 이해할 수 있다는 생각이 든다. 지금 이 순간 그는 스스로 이 바닷가 폐허의 시인이기 때문이다. 이 바닷가 시인의 고통을 바로 그 자신의 고통으로 앓기 때문이다. 그러므로 그에게는 한 시인의 고통이 인류 전체의 고통 이상일 수밖에 없었다. 그러나 여자는 남자와 달리 자신을 강간당한 시인의 딸에게 대입시킨다. 사랑이 있어도, 시가 있어도, 성과 같은 바닷가 집이 있어도, 그 누구도 고통을 피해가지 못했다. 그런 점에서 모든 고통은 하나의 얼굴이었다. 여자는 홀로 바람이 휘몰아치는 바닷가로 내려갔다. 그렇게 그들은 잠시 따로 떨어진 채, 서로의 시야를 벗어났다. 무서운 바람 속에서. 대양이 그들의 눈앞에 있었다. 광폭한 회색 파도가 몰아치는 바다에는 믿을 수 없게도 한 명의 남자가 거의 벗은 몸으로 요트를 타고 있었다. 여자는 잠시 요트 타는 남자의 모습에 시선을 빼앗겼다. 그들은 늘 함께였으나 바로 이 순간, 여자는 남자가 어디 있는지 보지 못했고 남자는 여자가 어디 있는지 보지 못했다. 폐허의 바닷가는 열린 무덤과 같았다. 황량하게 넓었다. 입구는 있으나 출구가 없었다. 여자는 외로움을 느꼈다. 그것은 일종의 고통이었다. 그리고 남자도 외로움을 느꼈다. 그것은 일종의 고통이었다. 그들의 눈은 서로를 그리워했고 그들의 손도 마찬가지였다. 여자가 남자를 찾기 시작했을 때, 남자는 해변의 멘히르 한가운데에 서 있었다. 여자는 그에게 다가가, 그가 없어서 외롭다고 말했다. 더 이상의 말은 필요하지 않았다. 그러자 남자 또한 여자가 보이지 않는 동안 홀로 남은 구석기인처럼 외로웠다고, 그래서 막 바람을 향해 큰 소리로 여자의 이름을 부른 다음 보이지 않는 화산의 분화구 속으로 몸을 던지려 했다고 말했다. 보이지 않는 뜨거운 구멍을 상상하면서 여자는 몸을 부르르 떨었다. 그러자 실제로 고통이, 여자의 심장을 실제로 관통했다. 그들이 잠시 동안 느낀 외로움은 개별적인 생각의 내용을 아무것도 아닌 것으로 만들었다. 결국 각자의 언어 차이에 불과한 그것을 아무것도 아닌 無로 만들었다. 광기 어린 브르타뉴의 바람 속에서 그것은 아무것도 아니었다. 바람 속으로 사라지는 수많은 먼지의 이름에 불과했다. 맨살에 차가운 북풍을 맞으며 요트를 타던 사람은 가라앉는 붉은 태양 속으로 꺼지듯이 사라졌다. 마치 태양의 분화구 속으로 스스로 몸을 던져버린 듯했다. 그들은 다시 손을 잡았다. 여자는 스스로 믿지 않으면서 일생 동안 생각하고 있었던 많은 생각에 대해서 생각했다.

잠시 동안의 외로움과 홀로의 시간이 지난 뒤, 그들은 마치 아무 일도 없었던 것처럼 다시 사랑하게 되었다.

Imagine.

나는 잠자는 남자에게 말한다, 상상해봐, 내가 쓴 이것이 어떤 내용일지.

카마레 바닷가로 신혼여행을 떠난 부부의 이야기가 아닐까. 하고 잠자는 남자가 말을 꺼낸다.

제목은 '영국인 폴 템플의 사랑'

신혼부부는 브르타뉴의 바닷가에 도착했어. 아마도 초현실주의 시인 생폴 루의 저택이 있는 카마레였을 거야. 그곳은 항상 바람이 휘몰아치는 해변이라서, 그날도 당연히 거센 바람이 불고 있었고, 날이 몹시 추웠지만 신기하게도 바닷가에는 한 남자가 요트를 타고 있었지. 여행을 온 신혼부부는 물론 서로 뜨겁게 사랑하는 사이였어. 이미 구 년 동안이나 함께 살기도 했어. 남자는 그 상태로 행복했지만 여자는 임신을 원했고 당연히 아이도 낳고 싶어 했지. 그리고 그런 일은 적어도 여자에게는 하염없이 마냥 뒤로 미룰 수 있는 그런 종류가 아니었으니까. 그래서 그들은 결혼하기로 했고, 관청으로 가서 서류를 꾸미고 간단하게 서약도 했어. 그들은 이제 정식 부부이면서 아마도 머지않은 시기에 한 아이의, 아니 어쩌면 여러 아이의 아버지이고

어머니가 될 예정이었어. 그리고 그들은 차를 몰아 카마레의 바닷가로 온 거야. 그들이 어디서 왔는지는 생각하지 않기로 해. 그건 중요하지 않으니까. 그들은 무슨 이유에선지 잠시 각자 떨어져서 바닷가를 산책하게 되었는데, 그때 남자는 홀로 요트를 타는 남자를 보면서 자신도 그걸 한번 타 보고 싶은 마음이 들었어. 그래서 마침 요트 타는 남자가 해변으로 올라오자 그에게 다가가 간단하게 서로 인사를 나눈 뒤, 이름이 '폴 템플'이라는 영국인 요트맨에게 요트 타는 법을 가르쳐 달라고 부탁하고, 반바지 차림으로 요트에 올라 친절한 요트맨이 가르쳐주는 대로 파도를 타게 되지. 너울거리는 파도를 가르며 요트를 타는 기분은 아주 멋졌어. 시간이 지날수록 남자는 점점 자신감을 얻게 되고, 그래서 해변의 요트맨이 보내는 손짓 신호를 점점 덜 바라보게 되고, 그러다 마침내 해변이 시야에서 사라져버렸지만 처음에는 그다지 신경 쓰지 않았어. 바람의 방향에 따라 파도와의 어울림을 스스로 조절할 수 있다고 믿었기 때문이야. 하지만 그것은 남자의 착각이었고, 그는 곧 자신이 망망대해의 한가운데로 너무 멀리 와버렸다는 느낌, 아무도 모르는 곳에 버려졌다는 느낌을 갖게 되었어. 해는 이미 수평선으로 기울고 있는 중이었어. 그리고 남자는, 이제 돌아가려 해도 해변이 어디에 있는지 방향을 알 수가 없었어. 무서운 바람이 사정없이 몰아쳤고 남자가 몸에 걸친 것이라곤 반바지뿐이야. 얼음 같은 파도가 남자의 몸을 덮쳐왔어. 몇 시간이 지나지 않아 아마도 남자는 이제 더 이상 아버지도 남편도 될 수가 없겠지. 남자는 사내답게 모든 걸 포기하기로 했어. 그렇게 얼마나 바다를 헤매었을까, 그런데 그때 거짓말처럼, 저 앞에서 배가 한 척 다가와. 검은색 영국 상선이야.

프랑스를 떠나 영국으로 가는 거지. 그 배 덕분에 남자는 생명을 구할 수가 있어. 남자가 타던 요트를 건져 올린 선원들은 요트에 새겨진 이름을 보고 남자에게 물어. 당신이 폴 템플인가요? 남자는 그렇다고, 자신이 영국인 폴 템플이라고 대답해. 해변에서 요트를 타다가 파도에 휩쓸려 난파하고 말았다고. 신분증을 비롯한 모든 것은 바다에서 잃어버렸다고 말하는 거야. 선원들은 추위에 떠는 남자에게 담요를 씌워주고 따뜻한 스프를 가져다줘. 그리고 배는 남자를 싣고 영국으로 가는 거야.

그 시각에, 카마레의 해변은 텅 비어있어

그곳에는 아무도 없어. 마치 원래 아무도 없었던 것처럼.

그리고 어쩌면 그곳에는, 원래 아무도 없었을지도 몰라.

그날 밤, 나는 밤중에 잠에서 깨어난다. 아마 잠자리에서 마신 포도주 반 잔 때문일지도 모른다. 내가 침대에서 일어났지만 잠자는 남자가 여전히 잠들어 있음을 발견한 나는, 카메라로 다가가 조심스럽게 그것을 작동시킨다. 잠자는 남자는 우리가 잠들기 전에 카메라를 삼각대 위에 설치해두는 것을 하루도 잊은 적이 없다. 창문에서는 맞은편 파라마운트사 주차장의 희미한 불빛이 새어 들어오지만 그럼에도 실내는 매우 어둡고, 잠자는 남자의 얼굴은 베개에 파묻혀 있어서 거의 보이지 않는다. 그가 살짝만 얼굴을 위로 향한다면 카메라를 위해서 이상적인 각도가 나오겠지만, 이처럼 철저하게 블라인드로 이루어지는 촬영에서는 참을 수밖에 없다. 어둠 속에서 침대와 이불, 그리고 잠지는 남자의 잠사는 몸은 흐릿하고 불분명하게 일그러진 점들의 모임으로 보인다. 나는 카메라를 최선의 각도로 맞춘 뒤 차가운 타일 바닥을 밟으며 화장실에 다녀온다. 내가 다시 돌아오니 잠자는 남자는 눈을 뜨고 있다. 그는 완전히 잠이 깬 모양으로 몸을 반쯤 일으킨 채 베개에 기대고 앉은 자세이다. 그뿐 아니라 콜라주 작업을 하는 스케치북을 침대에서 펼치고 한 손으로는 펜까지 들고 있다. 하지만 독서 램프의 불을 켜지는 않았다. 나는 살그머니 침대로 기어들어가서 이불을 머리끝까지 올린다. 잠자는 남자는 어둠 속에서, 보이지 않는 글자들을 스케치북에 쓰는 중이다. 나는 그의 잠을 방해하고 싶지 않다. 그의 잠이 기록되는 것을 방해하고 싶지 않다. 지금 잠자는 남자와 내가 어디에 있는지 나는 알기 때문이다.

우리는 불타는 배 위에 나란히 앉아있다. 우리의 배는 키도 없고 돛도 없고 조타수도 항해사도 없고, 심지어 우리에게는 노도 없다. 우리는 불타는 배에 올라타고 멀리 떠내려왔으며, 우리는 미지의 바다를 방향도 없이 헤맨다. 불꽃은 매 순간 우리를 삼키지만 우리는 배에서 내릴 수조차 없다. 닭처럼 커다란 흰 비둘기가 어디에선가 날아와 우리에게 편지를 전해주고 돌아간다. 편지에는 우리의 배가 LA에 도착할 것이라고, 하지만 그곳에서는 아무도 우리를 마중 나오지 않고, 아무도 우리를 알지 못하며, 우리 역시 그곳에서 아무것도 보지 못하리라는 내용이 적혀 있다. 프란츠에게서 편지가 왔다고 잠자는 남자가 나를 바라보지 않으며 기묘하게 느린 잠의 어조로 말한다. 프란츠와 칼리는 네팔에서 아들을 낳았고, 그 아이를 네팔인으로 기르기를 원한다고, 그래서 네팔로의 영구 이주를 생각하고 있다고 한다. 아마도 우리는 내년에 네팔로 가게 될지도 몰라, 하고 잠자는 남자는 잠 속에서 말한다. 일 년 뒤에, 우리는 네팔에서 만나게 될 거야.

우리의 불타는 배가 일 년 뒤에는 네팔로 흘러가게 될 것임을 나는 의심하지 않는다. 지금이라도 창문을 열면, 불타는 배는 네팔을 향해 한밤의 LA 창공을 느리게 날아갈 것이다. 그것을 나는 의심하지 않는다. 그러나 여전히 그 배 위에 우리가 타고 있을 것인가.

Imagine.

배수아

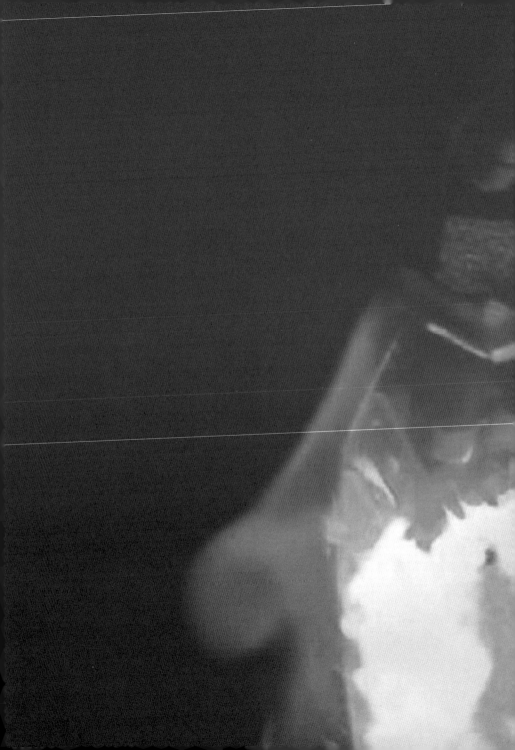

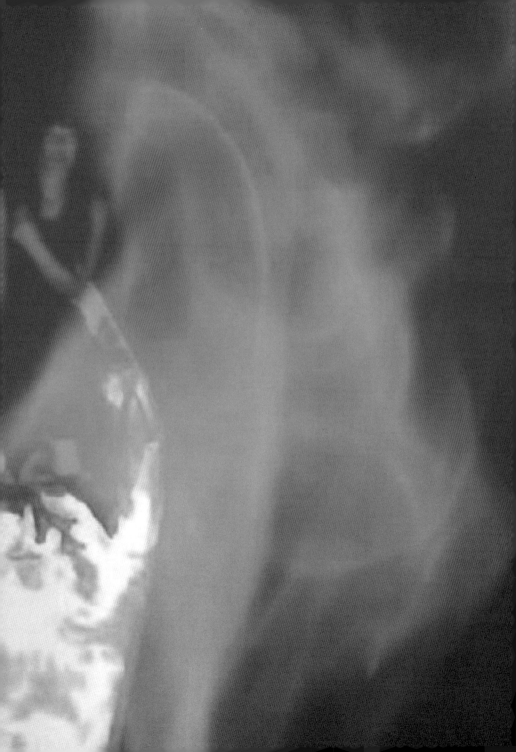